ねじねじ録

藤崎彩織

水鈴社

もくじ

装画　牧野千穂
装丁　大久保明子

ねじねじ録

子育てが苦手でも

ミュージシャンに向いている人がいるように、サラリーマンに向いている人がいるように、子育てにだって向いている人がいると思う。言い換えれば、子育てに向いていない人だっていると思うのだ。

私は作詞作曲をしたり、文章を書いたりすることが好きだけれど、計算をしたり、地図を読んだりすることが人と比べて絶望的にできない。みんなでご飯に行けばお勘定を割るだけであたふたしてしまうし、テレビ局でお手洗いに行くだけで迷子になってしまう。そのたびに友達に呆《あき》れられたり、スタッフを困らせたりしてきたけど、それらのことができなくても生活への影響は限定的で人として不合格だと言われることはない。

でも、こと子育てに関しては親のスキルを問われ、これができないと親として不合格と非難されてしまうことがある。例えば離乳食を作れるか、寝かしつけができるか、泣いている子供をあやせるか、隠れて「ばあ！」と言うだけの単純なゲームを何度も繰り返せるか……。

こんなマニアックなスキル、持っていない親がいたって全然不思議じゃない。それなのに、世間では全員が当たり前に親としての資質を持ってるかのように扱われている。

もしも地図を読むことや計算をすることが子育てに最も必要な資質だったら、私はきっと疲れ果てて絶望してしまうだろう。それらのことを考えている時間は、頭がガンガンして胸が苦しくなって、とてつもないストレスを伴うからだ。

普段の生活では、自分の苦手なことは人に託していいことが多い。私は自分の仕事の管理をマネージャーにお願いしているし、マネージャーは一人暮らしをしているのでほとんど料理はせずに、外食中心の生活をしている。飲食店の料理人は洋服を作らなくても服が買えるし、服を売っている人は音楽を作らなくても音楽を聴くことができる。そんな風に得意な人にお金を払い合って私たちは日々生活を送っていて、それは言葉にする必要もないくらい当たり前のことだ。

でも、子育てになると、その当たり前が通用しないことがある。子育ては「向いていない」と言うことが許されず、自分で何もかもしなくてはいけない、できなくてはいけないと思われがちだ。

地図が読めない分には笑って済まされるが、子育てが苦手となると、「親失格」のレッテルを貼られてしまう。仕事であれば苦手な職業に就かない選択もできるが、子育ての向き不向きが本当に分かるのは、親になってから。逃げることのできない親たちの、悲しいニュースは世に溢《あふ》れている。

誰にでも得意なこと、苦手なことがある。親になってみて「向いていないかもしれない」と思えば、誰かに頼ってもいいと思う。自治体の相談所に行くのも、兄弟や両親に頼るのもいいし、ベビーシッターを雇ったり、保育園に預けたりするのも選択肢だ。母乳をあげるのが辛ければミルクを、離乳食を作るのが難しければ買えばいい。その分、自分が得意なことで誰かに還元すれば、皆が社会の循環の中で子育てをできるようになる。

上手くできないことは、みんなで助け合ってやろうと言える社会でありたい。子育てのみが、親だけで解決しなくてはいけないなんてことはないのだから。

焼きたてのパン

朝。パンの匂いが寝室まで届いてきた。電気屋のポイントが溜まりに溜まり、好きなものをと悩んで買ったホームベーカリーが、初作品である食パンを焼き上げたのだ。

蓋を開けると更に香ばしい匂いが立ち込めた。焼きたての食パンを取り出して、まな板に置く。できたては柔らかすぎるので、すぐに切ってはいけない。

焼きたてのパンの美味しさを知ったのは18歳の頃だった。酷い不眠症に悩んでいた私は、思い切って早朝のパン屋のアルバイトを始めることにした。

不眠症といっても、全く眠くならないという訳ではない。私の場合はどうしても夜にだけ眠れないという症状で、夜のうちはベッドに入って3時間たっても4時間たっても冷や汗が出続けるだけなのに、あたりが明るくなってくると何故《なぜ》か眠くて仕方がなかった。

それならばいっそ開き直って朝寝てしまえば良いのだけれど、当時は一般的な生活リズムから外れることも恐ろしかった。今寝たら一日を台無しにしてしまう、今寝たらまた夜眠れなくなる。そんな恐怖を抱えていたので、まるでゾンビに噛まれた人がゾンビになるまいと必死で正気を保つ時のように、明け方に満身創痍《そうい》でパン屋に向かった。

パン屋に着くと、まずはできたてのパンを包んで置くのが仕事だった。美しくパンを包むにはコツがあって、パンが立体的に見えるようにテープを貼る。ひたすらパンを包んでいると、次第にお客さんが入ってくるので同時にレジも打つ。パンにはバーコードがついていないので、全てのパンの名前と値段を覚えなければならない。エッグベネディクト、250円。カルツォーネ、330円。シナモンロール、180円。ほとんど寝ずに家を出てきているので、レジを打ちながら土に還《かえ》ってしまいそうな程眠たかった。

「フレンチトースト食べてみな。こういうのって、数字とか文字だけじゃ覚えないからさ。ほら美味しいよ。これは150円」

明らかに体調が悪そうな私に優しく声をかけてくれたのは、早朝を仕切っている古株のアルバイトの女性だった。垂れた目尻がチャームポイントのパン屋のお母さん的存在だ。今考えてみると、アルバイトが勝手にパンを食べていい権限を持っていたのかは不明だけれど、彼女は私にいつもいろんなパンの味見をさせてくれた。

「パンってね、焼きたては全然味が違うんだよ」

そう言って手渡されたパンを食べると、急にぎゅっと目尻が熱くなった。サクッと音をたてて潰れるクロワッサンや、じゅわっと口に広がるチーズトースト、外側がかりかりのメロンパンを、私は涙を拭いながら夢中で食べた。

本当は眠れなくて、立っているのすら必死の日々が続いていることがやるせなかった。まわりの人たちのように前に進めない自分が許せなかった。何も上手くいっていないのに、それでも誰かに貴方は充分頑張っていると言われたかった。そんな思いが、パンを食べた途端に溢れ出してきた。

「涙とともにパンを食べた者でなければ、人生の本当の味は分からない」

ゲーテがそんなことを言ったという。私に人生の味が分かっているかはさておき、涙とともに食べたあのパンの味は、いまだに忘れることがない。

夏の銭湯

ふと、銭湯に行こうと思い立った。自宅から歩いて15分ほどの場所にある銭湯はこぢんまりとしていて気に入っている。受付で460円を払うと、脱衣所にある時計は夜の11時を示していた。もうこんな時間だったのか。驚くと同時に、仕事が何も進まなかった一日を振り返って憂鬱な気分になる。

私は文章を書くのも曲を作るのも遅いので、今日も何もできなかったと落ち込むことが多い。集中力が足りないのか、それとも自分に期待しすぎなのか。そのどちらもかもしれないと思いながら浴槽の奥の方へと入っていくと、足元でしゅわしゅわと音がした。よく見ると炭酸泉というお湯で、発泡している。

血行促進作用があるという説明書きを読んで、私は一日中座って凝《こ》り固まっていた身体にお湯をかけた。

普段は自分を卑下してしまうことの方が多いのに、何かを作っているときは「自分なんて駄目でもともとだ」と思うことができず、過度に自分に期待してしまっているから手が止まる。自分なんて大したことないので努力一本で頑張っています！　と陽気に言えたらいいのに。ああ、このポンコツめ、もっとがむしゃらになれよ！　と自分の頭をポカポカとやりたくなる。

そんなことを考えながらぶくぶくと炭酸泉に身体を沈めていると、隣にいた女性がふらりとお湯からあがり、突然タイルの上でうずくまった。私は驚いて「大丈夫ですか？」と声をかけたけれど、その人は小さく手を上げて「湯あたりだと思います」と言ったきり動かない。

どうしたら良いのか戸惑っていると、近くにいた常連客らしき人がすぐにペットボトルの水を買ってきて寝ている彼女に渡した。そうか、こういう時は水を飲ませるべきなのかと遅れて気付き、途端にこの場にいる全員が生きているという当たり前のことを思い出した。

一日中誰とも話さないまま外に出てくると、目の前にいる人でさえぼんやりとした存在になり、まるで椅子や水道と同じ背景の一部のように感じてしまうことがある。

その女性が水を飲むと、赤く火照《ほて》っていた肌が少しずつ綺麗な桜色になった。心配して囲む私たちに向かって、やっちゃいました、と笑うその人がやけに美しく見えてどきっとした。私はときときと鳴る胸を押さえて、自分の身体についた水滴をタオルでぬぐってから、髪も乾かさずにのれんをくぐった。

靴箱から靴を取ると、自動販売機にあるビールが目に入った。思い切ってボタンを押し、歩きながら道路でプシュッと音を立てる。

普段は歩きながらアルコールを飲むことなんてないのに、やったことのないことを唐突にやりたくなっていた。すっぴんのままビールを片手に歩いていると、行きと景色が少しだけ変化している気がする。

草木が湿気の中に潜んでいて、生々しい匂いがした。手を繋いで歩いているカップルが目の前を通り過ぎた時、家から一歩も出ずに机に向かい続けた自分の一日を想った。呼吸をすると胸の中に夜の空気が入ってきて、指先がぴりりと痺《しび》れる。また明日頑張ってみようと頭の中で声にしてみた。私はいちいち落ち込みすぎているのだ。歩いていると民家から風鈴の音がして、心がころころと呼応した。

夏だなあ。ただそう言いたくて出てきたのかもしれない。

偽物の夕焼け

ある映画の制作ドキュメンタリーを見ていたら、監督が「どうしても夕焼けが綺麗に撮れないんですよ」と言って、頭を抱える場面があった。カメラチームが試行錯誤を重ねるが、イメージ通りにはいかない。

監督は黄昏《たそがれ》時、マジックアワーとも言われるその短い瞬間を切り取りたいと言うが、制作費も少なく、別日に撮影をし直す余裕もない。そんな時にスタッフから「朝焼けを夕焼けとして撮ってみたらどうか」というアイディアが出た。

追い詰められた制作部隊は徹夜で朝焼けを待ち、夕焼けのシーンを撮るという。息を潜め、男たちは真っ赤な目で日の出を待った。

ようやく朝焼けが訪れると、私は画面の前で呆然《ぼうぜん》とした。太陽の光を受けて橙に染まった雲、水色にグレーを混ぜたような色の空。

それは本物の夕焼けよりもずっと美しい夕焼けに見えたからだった。

自然なものよりも、作り上げた偽物の方がしっかりと物事を伝えられるということがある。

私がステージでピアノを弾いている時、カメラマンが客席から私のことを撮影してくれるけれど、クラシック音楽の弾き方が染み付いていた私は客席を見ながらピアノを弾いたり、演奏中に笑ったりすることに最初はかなりの抵抗があった。

ベートーヴェンやショパンのピアノ曲を弾いている時に客席を見ながら笑いかけたことなど一度もないし、どんなコンサートに行ってもそんな人を見たことがない。ふっと思い出したようにピアノの譜面台のあたりを見ることはあっても、真横にある客席を見るというのはよっぽどの理由がない限り不自然なことだった。

しかしバンドでデビューをし、ライブをするようになってから、クラシックと同じように弾いていては駄目なんだと悩んだ。鍵盤を見ながら弾いているとカメラに映るのは横顔だし、下を向いていると髪が垂れて顔を隠してしまう。

すると楽しんで弾いていたのに「スクリーンに映された顔がつまらなそうだった」と言われたり、頑張って弾いていたのに「元気ないの？」と聞かれたりして、自分はバンドマンとしてステージ上でどう振る舞うべきなのか、もっと向き合わなくてはいけないのだと思った。

私はミュージシャンたるもの、自然体であるのが一番格好良い姿だとどこかで思っていたのだと思う。

でも、自分がやっていることと伝わることの差異があることを認めてからは、徐々に客席に目線を移すことにした。

やってみると、鍵盤をほとんど見ずにピアノを弾くには想像していた以上に技術が必要だった。家では目をつぶって弾いたり、ほとんど後ろを向いたまま弾いたりして練習をしてみた。

弾きなれた自然な弾き方でないことに違和感を感じることはあったけれど、そんな時は瞼《まぶた》の裏であのドキュメンタリーを再生しながら考えた。本物よりも美しかった偽物の夕焼け。客席に目線を移すと、最前列で手を振ってくれている人たちが笑ったり泣いたりしている表情が見えた。

あの映像が教えてくれたのは、誰かに届け、と想うことへの覚悟だったのかもしれない。

２０１９年４月から始まった今回のツアー『The Colors』は８月までに28公演あり、約28万人の人が来場予定だ。

今では自然と客席に視線がいき、鍵盤をほとんど見ずにピアノを弾くこともできるけれど、あの夕焼けを思い出しながら「届け」と想う覚悟があるかどうかと、いつも自分に問うている。

6歳の冒険

初めて一人で新幹線に乗ったのは、小学1年生の夏だった。

夏休みが始まるのと同時に祖母のいる大阪へ行こう。そう思っていたのに、両親は仕事でお盆まで休みがない。どうしたら一日でも早く祖母に会えるのだろうと、6歳の私は考えた。

「お母さん、私一人で大阪に行く！」

やりたいと思ったら、どんなに駄目だと言われても駄々をこねるのが、昔から変わらない私の性格だ。母は勢いに押され、やむなく6歳の子を一人で新幹線に乗せる決意をした。

東京駅で指定席のチケットと入場券を1枚ずつ買い、母と座席に向かった。トイレに行っても迷わないようにと一番前の3列シートを選んだら、残る2席には既に母一人子一人の親子連れが座っていた。

「この子、一人で新大阪まで行くんです。隣の席なんですが、よろしくお願いします」

母が話しかけると、親子は驚きながらも置いてあった荷物をどけてくれ、「私たちは名古屋までなので、それまで一緒に行きましょう」と言ってくれた。新幹線は新大阪駅止まり。名古屋で親子連れが降りてから、京都駅で降りさえしなければ新大阪に到着する。

母は親子に丁寧にお礼を言ってから、「もし眠ってしまっても大丈夫やから。名古屋の次は京都、京都の次は新大阪で、新大阪に着いたら扉の前でおばあちゃんが待ってるから。乗ってるだけでちゃんと着くから。絶対に京都で降りたらあかんよ」と私に念押しして車外へ出た。

発車音が鳴り、ゆっくりと車体が動き出す。手を振る母の姿が見えなくなると、もう戻れないという不安と何が待っているんだろうという期待でこめかみの奥がぎゅうっと縮こまった。窓の外の景色がびゅんびゅん音を立てて変わっていく。

「アイスクリームいかがですか?」

しばらくすると車内販売のワゴンがやってきた。私は母からもらった小さながま口の財布から300円を出して、少しのお釣りを握りしめた。まるで大人みたいだ。ドキドキしながら蓋を開けると、アイスクリームはかちかちに凍っていて、薄くすくって食べても濃厚なミルクの味がした。

こんなに美味しいものがあるとは！　感嘆しながら、姉さんだけずるいと言う弟たちの顔が浮かんだ。

名古屋に着くと、親子は「京都で降りないようにね」と言って電車を降りた。私はじっと時計を見ながら京都に着くのを待った。京都の次は新大阪。そればかり頭の中で繰り返していたので、ようやく新幹線が京都を出発した時には、興奮して誰よりも早く扉の先頭に並んでいた。

京都から新大阪まで、誰もいないデッキで窓の外を眺めながら過ごす。「次は新大阪」というアナウンスが聞こえると、徐々に家の形が変わり、高い建物や商業施設が増えていった。車両がホームへとすべりこんだ時、祖母が立っているのが見えた。扉が開くと、祖母が笑顔になった。

「あんたよう頑張ったなあ。よう一人でこられたなあ！」

祖母はどんな気持ちで私を待っていたのだろう。母はどんな気持ちで私を送り出したのだろう。自分が親になり、そんなことを考えるようになった。褒められ、冒険を成功させた気になっていたけれど、冒険をしていたのは彼女たちの方だったのかもしれない。

忙しい時の過ごし方

三十路を迎えるまで、植物というものにあまり関心がなかった。以前住んでいた家の庭には紫陽花《アジサイ》やモミジが植えてあったけれど、いつ花をつけていつ葉が紅葉しているのかすら分かっていなかったし、落葉の季節になって初めて「あ、掃除をしないと」と気づく程度で、唯一楽しみにしていた桜も友達と酒を飲む口実にすぎなかった。

夫が「チューリップでも植えてみる?」と言ったのは2018年末のことだ。SEKAI NO OWARIは2枚のアルバムを作り、全国にわたるファンクラブツアーをしながら年の瀬のテレビ番組に出て、更に個人では初めてのエッセイ集も刊行していた、とても忙しい時期だった。

家の中でぼんやりと子供を抱いている私を見て、夫は唐突にそう言った。チューリップでも植えてみる?

夫の提案に私は驚いた。こんなに疲れて、こんなに心が摩耗している時に、何でまたチューリップなんか。エステやマッサージなら分かるし、たまには何もせずに過ごそうと言うのならそれも良いけれど、何で今チューリップなんか。

そう思いながらも、過去にも夫がこんな提案をした際は決まって私が疲れていた時だということを思い出した。もしかすると思いつめた顔をしていたのかもしれないし、気づかないうちにため息をついていたのかもしれない。

私が一人になりたいと言えばその時間を作ってくれる人だから、これは夫なりの気遣いなのだろう、と理解した。

ホームセンターでは球根をバラ売りしていたので、一つひとつ球根を手に取って、肉厚のにんにくのような感触を手で確かめながら、種類の違う15球を選んできた。家に帰ってから丁寧に土に植えてみると、思いの外、達成感があった。ベランダに置いた小さなプランターに球根を並べながら、懐かしい土の匂いを嗅いでみる。最後にふかふかの土を球根にかぶせてやると、自分も温かな布団の中でぐっすりと眠れるような気がした。

それから数カ月して春になると、白いレースカーテンの向こうでピンクや赤のチューリップが一斉に花を咲かせていた。葉をのびやかに広げ、まっすぐに茎を伸ばし、立派な花びらが空に向かって幾つも円を描いているのを見た時、私は息を飲んで、何て綺麗《きれい》なんだろう！　と思わず口元に手をやっていた。

急いで1歳になった子供をベランダへ連れていき、「おはな、きれいだね」と指を指して教えた。「赤のおはな、黄色のおはな、白のおはな」色の名前をゆっくりと発音していると、子供の小さな指が花びらに触れた。私は「やさしくだよ」と教えながら、自分の心がゆっくりと満たされるのを感じていた。

そんなことがあってから、道路脇や公園の花壇など、街中にもたくさんのチューリップが植えられていたことに初めて気がついた。忙しい時は、見えているようで見えていないものが多いのかもしれない。自分が育てたものより小ぶりだったり、色鮮やかだったりするものが自然と目に入り、その度に街に花が咲いていることを嬉しく思った。

忙しい時ほど、手間のかかることが自分の心を癒《いや》してくれることがある。既に埋まり始めている下半期のスケジュールを見ながら、今度は野菜の種でも植えてみようかな、と考えている。

『ハンドメイズ・テイル』

『ハンドメイズ・テイル／侍女の物語』というアメリカのテレビドラマを見た。これは出生率が異常に低下した時代の架空の国「ギレアド」を描いた物語だ。

ギレアドでは、女性たちは仕事を奪われ、家族を奪われ、文字を読むことすら禁止され、妊娠と出産の為だけの人生を過ごすことを余儀なくされている。セックスは「儀式」と呼ばれ、日程も相手も国が決定する。妊娠した女性が中絶をすることは許されず、女性たちは法に怯《おび》えながら暮らしている。

ギレアドでは何度も繰り返される独自の挨拶があり、行き交う人々は皆「Blessed be the fruit」と言って通り過ぎるが、この言葉にも国の価値観が表れている。これは直訳すると「実りある祝福を」つまり「妊娠していると良いですね」という意味だ。こんにちはとさようならの代わりに「妊娠していると良いですね」と言い合う世界。女性の価値は子供を産めるかどうかにしかないという意思がじわじわと伝わってきて、私は挨拶が交わされるたびに胃の中で大量の粘土を消化しているような、重たいものが体内に留まっているような気配を感じながらこの作品を見終えた。

かつての日本でも子供を産めない女性が離縁されたり、男児を産めるかどうかで女性の価値が左右されたりしていたことはある。今でも法制度が整っているとは言えず、子供ができない人がハラスメントを受けたり、妊娠出産をした人がキャリアを維持できないことなども問題視されている。

しかし出産にまつわる問題は少しずつではあるが理解が広がっていて、女性にとっては10年前よりも今、そして今よりも10年後の方が住みやすい世の中になっていることは間違いないだろう。「ギレアド」のような酷《ひど》い世界が過去にあったとしても、未来に起こり得ることは絶対にない。そう思っていた矢先のこと、あるニュースが飛び込んできた。

2019年、アメリカのアラバマ州で、中絶禁止法というものが成立した。カップル同士や夫婦間の中絶は勿論《もちろん》、10歳の少女が父親に犯されても、15歳の少女が道端で知らない男にレイプされても中絶してはいけないという法律で、中絶を行った場合、本人は罪に問われないが、処置をした医師は最大禁錮99年に処されてしまう、つまり一生塀の中で暮らさなくてはいけないという厳しい内容だった。

この法の根底に宗教の思想が絡んでいるのは明らかで、ローマ法王も中絶について「殺し屋を雇うことと同じ」と発言している。レイプ犯よりも、レイプをされた女性に中絶をした医師の方が罪が重いというのがこの法の現状のようだ。

私はこれが現代に起きている話だと思えなかった。今まで、子供を産むかどうかは女性に選択権があって当然だと思っていた。妊娠したら女性が悪阻《つわり》を経験し、女性が重たくなっていく身体と向き合い、女性がお腹を痛めて出産するのだから、その選択をする権利は当然女性にあると信じて疑ったことがなかったのだ。

しかし今になって、出産する権利は国にあるのか、宗教にあるのか、女性自身にあるのかと議論され、実際にアメリカのいくつかの州で中絶禁止法が可決されている。『ハンドメイズ・テイル』では、女性たちが「ギレアド」の政策と戦う姿が描かれている。描かれているのは、本当に架空の世界だろうか。

ブリナーを食べた夜

先日、ブリナーというものを初めて食べた。アメリカ人の友人が家に遊びに来た際に、「台所を借りるわ」と言ってささっと作ってくれたのだ。ブリナーはブレックファーストとディナーを掛け合わせた英語で、朝食風夜ご飯という意味だ。日本の感覚で言えば、牛丼屋の鮭《さけ》と納豆の朝定食を夜に食べるようなものだろうか。

私が食べたのは、ワッフルとスクランブルエッグとベーコンだった。野菜もなし、スープもなし。夜にそんな食事をするのは、子供の時にディズニーランドに行った時以来かもしれない。流石《さすが》に小沢健二さんがツイッターで「米国人の平均体重は、日本人より23kg重い」と書くだけある国の食文化だと思ったけれど、食べてみると美味しいし、とにかく手間がかからなかった。

ワッフルはパンケーキ用の小麦粉と卵と牛乳を混ぜてワッフルメイカーに流し入れて10

分待つだけ、その間にベーコン炒めとスクランブルエッグを作ったので、アメリカの子育て事情について聞いているうちに、あっという間に完成していたという訳だ。

「日本人は料理を頑張りすぎているわよ」

友人はベーコンを頬張りながら言った。彼女いわく、ブリナーはそもそも料理をサボるために作られたものらしい。時間をかけずに作れるので、家族の団らんや勉強の時間など、料理以外の時間を多く取れるのだと説明してくれた。

確かに世界的に見ても、日本の食事は手間がかかっている。バンドのツアーでいろんな国に行ってご飯を食べてきたけれど、日本の食事は圧倒的に栄養のバランスが良くヘルシーで、品数が多い。どのレストランに行っても堅いパンの上にハムがのせてあるだけの料理は出てこないし、今日の夕飯は揚げたポテトと揚げた魚だけ、なんてこともない。イベント会場で配られたランチボックスを開けたら、チキンと腑《ふ》抜《ぬ》けたブロッコリーと味のないマッシュポテトしか入っていないなんてこともない。一汁三菜という日本の食育って本当に素晴らしい！　どの国に行ってもそう思わずにはいられなかった。

でも、その手間について論じられることはあまりない。

日本では、忙しくても家庭ではちゃんとしたご飯を作らなくてはいけないというプレッシャーが少なからずあり、出来合いを買わず、冷凍食品を使わず、外食もせず、一汁三菜を毎晩提供できる家庭こそ素晴らしいという考え方が根強くある。毎日そう出来れば良いけれど、実際は料理を担当している人が疲れてしまっているというのも事実だ。家族が健康でも、料理を作る人がいつも疲弊《ひへい》していては元も子もない。頑張る方法を考えることと同じように、サボる方法を考えることは大切なことなのかもしれない。

海外と比較しても、日本人はサボるのが下手な傾向があるように思う。料理でも学校でも仕事でも、頑張る方法ならたくさん教わってきたけれど、サボる方法を教わったことはない。日本には料理を筆頭に素晴らしいところがたくさんあるけれど、だからこそブリナーのようにもっと堂々とサボる機会があってもいいかもしれない。

完璧じゃなくて良いよね、楽しくやろうよ。甘ったるいメープルシロップを味わいながらそんな風に言うことができたら、もう少し楽に生きられるような気がした。

ディレクターという仕事

レコーディングディレクターという仕事をご存じだろうか？

プロのミュージシャンがレコーディングを行う際、ギタリストに「ちょっと走ってる（速い）よ」と言ったり、ベーシストに「レイドバック気味に弾いてよ（ゆったり弾いて）」などと指示を出し、録音を進める人のことだ。一般的にはレコーディングディレクターに来てもらい、一緒に録音することが多いけれど、SEKAI NO OWARIの場合、それをメンバー同士で行っている。

ほとんどの楽器でディレクターをしているのはリーダーのなかじんで、私がピアノを弾く時も彼が指示を出す。彼はとても耳がいいので、私が少しでもミスタッチをすると「今のテイク間違えたよね！」という声が矢のように飛んできて、すぐさま弾き直しを命じられるという訳だ。

弦楽器や管楽器など、メンバー以外のスタジオミュージシャンの演奏にもなかじんが指示を出しているけれど、唯一ボーカルの深瀬くんのレコーディングでは私がディレクターを務めている。

残念ながらその才能を買われた訳ではない。ボーカル録音はディレクターの指示の影響を受けやすいので、長い友人関係があって忌憚《きたん》ない意見を言えるという理由でメンバーから10年前に指名され、それが今でも続いている。

忌憚ない意見というのは、例えば「ただ歌詞を読んでいるみたいに聞こえるよ」「この曲では、可愛《かわい》い男じゃなくてセクシーな男になって欲しい」「もっと耳元で囁《ささや》くように」など言いたい放題のように聞こえる意見のことだけれど、他にも「まずはどんどん次の箇所を歌ってみよう」とか、「テンポやキーを変えた方がいいかも」等々、正しい指示を探していく必要がある。

指示を出すのに熟考する時間がないのが難しいところで、歌ってから時間を空けてしまうとボーカリストはノリきれなくなってしまうことがあり、間髪入れずに意見を言わなくてはならないのだ。

録音ブースの中で過ごす無音の時間はとても長く感じるので、もしも良いテイクが録《と》れたとしても時間を空けてから「良かったよ」と伝えると、ブースの中では「…………良かったよ」というニュアンスで聞こえてしまい、ボーカリストがディレクターの意見に対して疑心暗鬼になってしまうこともある。

何か問題があれば迅速に指示を出し、良いテイクが録れたらすぐに「サイコー！　超格好良かった！」と叫ぶ。でも、良くないものを良いとウソをつくのはもっと駄目なので、意見を言うときはなるべく丁寧に、敬意を込めて言う。

この鉄の掟《おきて》を守らないとボーカリストとの信頼関係は紡げない。

歌手ではない私がボーカルディレクターに任命されてはや10年、自分なりの方法論を見つけながら録音した曲はリリースされていないものも含め既に100曲近く。ある時は指示が分かりにくいと録音ブースを出ていかれ、ある時はもう歌いたくないとそっぽを向かれ、人の気も知らないで！　と唇を噛《か》みながら何とかここまでやってきた。

大変だったことを挙げればキリがない上に、ディレクターとしての仕事を褒められる機会はほとんどない。こんな損な仕事ないよ、と拗《す》ねたくなる時もあるけれど、録音したボーカルテイクを聞くと「何て素晴らしい仕事ができたんだろう！」といつの間にか思っているのだから仕方がない。

音楽を作ることに苦しむ人々は、結局音楽に救われて作り続けているのだ。

招かざる客

　実家に住んでいた大学生の頃、友人から相談があるので夜遅くに会いたいと言われた。日中に話せればそうしたかったけれど、授業の後にアルバイトもしていてなかなか会う時間が取れない。

　タイミングが合わないね、じゃあ泊まりがけで話そうということになり、彼女は私の実家にやってきた。

　彼女には、夜遅くて家族が寝ているかもしれないのでインターホンは押さずに勝手に入ってきて、と伝えてあった。以前にも同じ要領で何度か来てくれたことがあったので、すぐに大丈夫だと連絡がきた。

「家の中に入ってきたんだけど、どこにいる？」

　彼女から電話がかかってきたのは午後11時頃。母がまだ起きていて、私と一緒にお茶を飲んでいた時だ。

「え？　どこって？」私が聞き返すと、隣にいる母が心配そうな顔をした。「○○ちゃんがもう家にいると言ってるんだよね」と説明すると、母は釈然としない顔で「家ってうちの家？」と聞き返す。

それもそのはず、私たちは30分ほど前からずっとリビングルームにいて、誰かが家に入ってきた様子はない。

迷うほど広い家ではないのに、と思いながら「今どの部屋にいるの？」と聞くと、彼女は「それが分からないの。真っ暗だけど電気を点《つ》けていいのかな？」と言う。

私は言っていることがピンと来ずに「真っ暗？」とまた聞き返した。私と母のいるリビングルームは煌々《こうこう》と明かりが点いている。浴室か、もしくは弟の部屋にでも入ってしまったのかと考えていると、彼女が「さっき赤ちゃんが寝ていた部屋を開けちゃったけど、大丈夫だった？」と言った。赤ちゃん……？　急に総毛立った。

「うちに赤ちゃんはいないよ」

自分の言っていることの恐ろしさに寒気がした。まるでホラー映画のワンシーンみたいだ。

彼女は「ええ！」と焦ったように驚いて「ちょっと一度外に出るね」と言うので、私も急いで玄関から外に出た。すると、ほとんど同時にガシャッと音を立てて隣の家の扉が開き、中から友人が出てきた。

まさかそんなことがあるだろうか。確かに我が家の周りは似たような家が数軒並んでいるし、暗がりの中では少々分かりにくい。それにしたって、隣の家に入ってしまうなんて！　呆然としている私の前で、友人は不思議そうな顔で言った。

「あれ？　どうして隣の家にいるの？」

驚くべきことに友人はこの瞬間までずっと隣の家を私の家だと思い込み、勝手に部屋を開け、そこで眠っている赤ちゃんとその家族を見ても「知り合いの人が泊まっているのかな」と思うだけで、全く気づかなかったのだと言う。

隣の家の鍵が開いていたことも偶然だったのだが、もしも友人が部屋に入った時に隣の家の人が目を覚ましたらどうなっていただろう。想像するだけで鳥肌が立つ。

誰にも悪気がなくても、大事件が起こる可能性はそこかしこに潜んでいるのだ。

深夜に招かざる客が貴方《あなた》の部屋の扉を開けるかもしれない。くれぐれも施錠をお忘れなく。

見つめ合えない関係

ライブのステージには、客席に向いているスピーカーとプレイヤーに向いているスピーカーの2種類がある。客席側のスピーカーを外音《そとおと》と呼ぶのに対して、ミュージシャンが聴く音を中音《なかおと》、またはモニターと呼んでいる。客席に向かっているスピーカーのバランスは「いかに迫力があるか」「いかに美しくボーカルを聴かせるか」などを考えながら調整し、中音は「いかに各プレイヤーが演奏しやすいか」という観点で調整している。

私たちミュージシャンがライブ中に聴けるのはこの中音のみで、実際お客さんが聴いている音とは全く違う。但し、各プレイヤーによって理想の中音のバランスは違ってくるので、一人ずつ音のバランスを調整しなくてはならない。例えば私はピアノとドラムを主に聴いているけれど、深瀬くんはピアノとギターとボーカルをメインに、なかじんはドラムとベースとギターをメインに、という風に。

ライブ中は中音のバランスについて直接スタッフと言葉を交わすことが出来ないので、プレイヤーはハンドサインを出し、常に楽器の音量や音質を調整している。野球で使われているようなハンドサインは、ミュージシャンがライブをする時にも使われているのだ。例えば「ボーカルが聞こえない」は、口の前で手をグーからパーにした後に人さし指を立てるサイン。これで「ボーカルの音量をもっと上げて」という意味になる。

会場によって音の響き方は大きく異なるので、同じセッティングで臨んでも低音がグルグル唸《うな》ったり、高音がキンキンと反響して弾きにくいことは多々あるし、何万人という人が会場に入ってくると音の響き方はどんどん変化するので、ステージ上ではその時の状況に合わせて終始ハンドサインが飛び交っているのだ。

但《ただ》し、ライブ中にサインを伝えられる瞬間は曲と曲の僅かな間しかない。時間にしたらほんの5秒ほどなので、スタッフの方もその一瞬を逃すまいと常に演者のことを観察してくれている。次の曲が始まってしまうともうサインは出せず、演者は演奏しにくい状態のまま続演しなくてはならないので、そんなことはあってはならない、とスタッフも緊張の糸を張って演者のことをじっと見つめてくれている。

とは言え、次第に「この曲はピアノを大きく聴きたいんだな」とか、「この曲は迫力が欲しいんだな」とお互いに分かってくるので、公演を重ねるごとにハンドサインを送る回数は減っていく。

スタッフの方も「次はもっとよくしよう」とモニターのバランスを調整してくれているし、演奏が始まった瞬間に私がどうしたいのかを察して、サインを待たずに調整してくれていることも多い。ハンドサインを交わす仲であるスタッフたちとは、ツアーを経てハンドサインの要らない仲になっていく。目を合わすことなく気持ちが伝わっているのは、心が通っているようで嬉しい。

しかし、ステージ上では何の気なしにスタッフと目が合ってしまうこともある。

すると、どのスタッフも、

「どうした、何か改善したいことがあるならいつでも言ってくれ！」という顔でこちらを必死に見つめてくれるのだけれど、これが気まずい。

私はただ偶然目が合っただけなので何のサインも出さずに客席に視線を戻すのだけれど、スタッフが「今はサインを出せないだけで、何か伝えようとしてたんじゃないか」と必死にこちらを観察しているのを目の端に感じる。もう一度目が合うと「やっぱり何か伝えたいんだ！」という誤解が確信に変わってしまいそうなので、スタッフの方をなるべく見ないように演奏する。

目を合わさずに気持ちが通っているスタッフたちと、目が合ってしまったばっかりに気持ちが通じ合わなくなってしまうなんて。何とも皮肉な関係だけど、これ以外に適切な方法がないので仕方ない。ステージ上で演者とスタッフは、何もないのに見つめ合ってはいけない関係なのがすこし悲しい。

自分が自分でなくなる時

出産後、自分が自分でなくなるような感覚に襲われた。

突然のことだった。気がついた時には気持ちのコントロールがきかなくなっていて、後で冷静になってから自身の言動に驚く、ということが頻発した。私はとっさに日記帳を開いて思いを綴《つづ》ることにした。そうでないと、知らないうちに全く違う自分になってしまいそうな気がして恐ろしかった。

ある日は「どうして夫にあんなことを言ってしまったんだろう、まるでエイリアンに脳を乗っ取られて勝手に喋《しゃべ》られているみたいだった」と恐怖心を綴り、ある日は「このままでは大切な人たちを傷つけてしまう、そのうちみんなが離れていってしまう」と不安を吐《と》露《ろ》する。

自分の思い描いていた出産後の姿はもっと余裕のある母親像だったのに、理想とは随分違っていて、酷く戸惑った。

「産後はホルモンのバランスが崩れるので、気分の浮き沈みが激しくなります」

そんな記事を出産前に読んでいたので、情報としては知っていた。でも自分は物事を理論的に捉えようとする方だし、一つのことをいろんな角度から考えるのが好きな性格でもあるから、きっと大丈夫だろう、私ならうまく切り抜けられると高を括《くく》っていた。

しかしいざ子育てが始まると、四六時中いらいらが止まらず、頭の中ではいつも「どうしてあなたは」ばかりが繰り返されてしまったのだ。

どうしてあなたは手も洗わずに子供に触るの？　どうしてあなたはミルクの温度をもっとちゃんと確かめないの？　どうしてあなたはこんな時に仕事の話をするの？

いろんな人に助けてもらっているのにもかかわらず、夫だろうが母だろうが親しい友達だろうが、子供を雑に扱われているような気がしてしまい、すぐにその手から奪いたい気分になった。自分しか子供のことを守れないとでも思っていたのか、まるで近づく生き物全てに威嚇《いかく》する野生動物のようでもあった。

数時間おきの授乳で眠れないのに、少しうとうとするだけで「寝ている間に子供が死んでしまったらどうしよう」という不安で気持ちが落ち着かない。深夜に起きては寝ている子供の口に手をかざして、安堵のため息をつく夜が続いた。

もしも一生このままだったらどうしよう。そんな絶望的な気持ちを縋《すが》るような思いで先輩ママたちに話してみた。

すると、友達のママは「私も産後はうつのことを調べて、項目が当てはまるものばかりで恐ろしかった」と言い、大先輩のママは「私も仕事から帰ってきた夫に『汚い手で赤ちゃんに触るな！』ってアルコールスプレー投げつけちゃった」と笑いながら教えてくれた。私が悩みを相談すると、親になった人たちは皆優しく「私もそうだったよ」と言ってくれた。大丈夫だよ、そんな風に悩むのは全然おかしいことじゃないよ。そう教えてもらったことで随分気持ちが落ち着いて、ゆっくりと日常を取り戻してこられた。

まさか自分がこんなに取り乱すなんて。そう思っていたからこそ、同じように悩むママがいたらいつでも声をかけてあげたい。そして、不安定なパートナーを支えることに苦難する新米パパがいたら伝えたい。

大丈夫だよ、私も同じだったよ、と。

不思議なミユ

私がミユに出会ったのは、小学校2年生の時だった。

音のない雨がコンクリートを濡《ぬ》らしていた午後、体操着の袋を蹴りながら帰り道を歩いていると、紫陽花の咲く路地の前で上級生の男子たちが集まって輪になっていた。

「うわ、きもちわりぃ！」

「おい、やめろよ、今ので手についたんだよ！」

男子たちはふざけて何かを押し付け合っていて、覗《のぞ》いてみるとそれはかたつむりだった。それも、5匹か6匹。殻から飛び出している身体が、空中に垂れ下がっている。

私はなるべく見ないようにして、前を向いた。かたつむりも男子たちもあまり好きじゃない。すると、靴にぶにゅりという感覚があった。あ！　かたつむり踏んだかも……。

恐々《こわごわ》と右足をあげると、そこには5センチ程の人形がいた。ほっとしてそれを拾い上げると、潰れていたプラスチックが一気に空気を取り戻し、ぷっくりとした赤ん坊の形になった。

口をにんまりと結び、くりくりの目でこちらを見ている赤ん坊の人形。目が合ってしまい、こちらに甘えているかのように見えてくる。突然胸が焦げてしまいそうな程愛《いと》しいという感情が湧いてきて、自分でも驚いた。かわいい。私は初めての気持ちにいてもたってもいられず、「ミユ」という名前をつけて持っていたハンカチで包んだ。漢字の美優や美由ではなく、「ミユ」というカタカナの響きだ。大事に手に抱きながら家に帰ると、まるで母親になったような気分になった。

あの頃、私は友達と上手くやれない子供だった。男子があのかたつむりに投げかけていた言葉を、同じようにクラスメイトから投げかけられる日々。汚い、触らないで、気持ち悪い。

私もかたつむりのように殻に閉じこもれたらいいのに。そうすれば、惨めな姿を隠すことができるのに。そんなことを思う陰鬱《いんうつ》とした日々が続いていた。

しかしランドセルの隅にミユを隠して登校し始めてから、少しずつ自分の気持ちに変化が訪れた。朝学校へ行き、ゴミ箱に捨ててある自分の上履きを見つけても、ミユが不安になると思い「大丈夫だよ」と話しかけてみる。教室でクラスメイトから無視されても「心配しなくていいからね」とミユを安心させようとする。すると、何だか力が湧いてくるのだった。休み時間に遊ぶ友達がいなくても「ミユ、寒くない？」「ミユ、私がいるからね」と語りかけ続ける。

周りから見たら、ただおままごとに夢中になっている女の子に見えただろう。

けれどミユが心配しないように毎日学校へ行こう、ミユが不安がらないように泣かないようにしよう、ミユを守れる逞《たくま》しい母のような存在であろう、そんな気持ちで小さな人形の世話を焼いていると、不思議と本当に強く逞しくあれるのだった。

数カ月すると、ミユはいつの間にかランドセルの中から無くなっていた。慌てて体操着の中や引き出しの中を探し回り、通学路の地面に落ちていないかと目を凝《こ》らしたが見つからなかった。

あの頃は悲しさと喪失感でどうにかなってしまいそうだった。

けれど、とても不思議な人形だったのだから、もしかすると私のような子供のもとにまた拾われていったのかもしれないと思っている。

ストップ妄想

よく行くレコーディングスタジオの駐車場に、「アイドリングストップ」と書かれた大きな看板がある。看板には文字だけしか書かれておらず、目立つ割には特に説明書きもない。はて、これはどういう意味だろう？　もしかすると自分が知らないだけで、世の中では常識なのだろうか？

私は車の免許を持っていないので、車に関連する用語に疎《うと》い。後部座席に乗っている時、ドライバーが対向車のことを「あの車、こんな時間にハイビーム出してるよ」と言っているのを聞いて、その煌《きら》びやかな響きから、「ああ、デコレーションされた車か。そういえば明るい時間からパチンコ屋のようなギラギラした光をつけて走っているトラックを見かけたことがある」と思っていたくらいだ。

さて、アイドリングストップについて。まず、アイドリングという言葉をご存知だろうか？　私は小学校1年生の時からこの単語を知っていて、すぐに連想するものがあった。一輪車である。一輪車の高度な技の一つとしてアイドリングという技があったのだ。

どんな技かと言うと、一輪車に乗った状態でペダルを前、後ろ、前、後ろ、と前後させる。すると、ずっと同じ場所にいられる。一輪車は基本的にペダルをこいでいないと止まってしまうけれど、アイドリングをしていると前にも後ろにも行かずにその場に留まることができる。

私は小学校1年生の時に何百回も練習した一輪車の動きを思い出しながら、アイドリングとは、前後する動きのことを言うのかもしれない、と予想した。アイドリングは難しい技で、児童館の一輪車検定でも初段の技だ。誰よりも早く初段になりたくて、滑《なめ》らかに前後できるよう日夜練習していたのでその動きについてはよく覚えている。

そしてストップの方は、ストップと言うからには禁止事項なのだろう。でも、「スタジオ使用者以外が車を駐車したら罰金2万円」と書いてあるのに、アイドリングストップの方には罰金価格が設定されていない。すなわち、心がけましょう程度の禁止事項なのではないだろうか、と予想する。駐車場、前後の動き、やめて欲しいこと。考えているうちに、ハッと閃《ひらめ》いた。

これは、駐車する時に車が前後すると他の車や通行人に迷惑がかかるので、何度も切り返すなということではないだろうか。駐車下手な人のせいで、後続車がなかなか前に進めずに駐車場内で渋滞が起きているのを見かけたことがある。切り返すな、一発で決めろ！ きっとそういう意味なのだ。点が線になった。

「エンジンを切れってことだよ」

私の妄想が盛り上がったところで、バンドメンバーの中で運転ができるピエロことＤＪラブがあっさりと意味を教えてくれた。アイドリングとは、エンジンがかかったまま車を止めることで、燃料の消費やガスの排出軽減、また騒音や環境汚染防止の為に、看板で警告しているのだそうだ。

「そんなプレッシャー与えてくる駐車場は嫌だよ」

ラブさんにはそう言われたけれど、免許を持っていない身からすると車は未知の世界なのだ。分からない言葉を見つけては意味を妄想しているけれど、今のところ合っていたためしはない。

両親の珍道中

父と母は中学の同級生だ。

大人になってから同窓会で再会した訳でも、同級生の結婚式で偶然会ったという訳でもない。大阪で生まれ、中学で出会い意気投合、同じ高校を受験し2人とも合格、そこから今までずっと一緒なのだという。

50年近くも一緒にいるのだから、大抵のことでは動じないだろう。そう思うのだけれど、実際はそうでもなさそうなことがよく起きる。

両親の旅行中に母から電話がかかってきた時のこと。

「もしもし、今お父さんと旅行中ちゃうん?」「そうやねん……」

何やら言いたいことがありそうな気配を感じ取り、仕事をしていた手を止めて「どうしたん」と聞いてみると、母はため息混じりに「あんな、折角《せっかく》旅行に来たのにお父さん寝てんねん」と言った。

何やねんその内容。母と話すときに関西弁になる私はすぐに突っ込みたくなったが、一応「そんなん、いつものことやん」と返した。私と似て寝つきが悪い母は寝つきが良すぎる父を見て、よう寝れるなあと日常的に皮肉を言っているのだ。

すると、母は悲しそうな声で、「いつものことやけど、旅行中くらい一緒にゆっくりお酒飲んだりしたいやん」と言う。まるで付き合いたてのカップルの悩みだ。

父と母はよく旅行をしているし、休日にはテニスをしたりするので仲は良い方だと思っていたが、50年経《た》ってもそんなことで悩むのだろうか。

「お父さんはお酒弱いから、起きててもお母さんと一緒に飲むのは無理やろ」。私が冷静に答えると、「でも、9時に寝たんやで！」と母が抗議する。「9時やで、信じられる？」。母が本気になればなるほど、聞いているのが阿呆《あほ》らしくなってくる。

まだ実家にいた頃、夜遅くに帰宅した時にはこんなことがあった。

リビングの扉を開けると、母が暗い顔で座っている。「何かあったん？」と聞くと、「お父さんがちらし寿司温めてん……」と言う。どうやら仕事で遅く帰ってきた父が、母の用意していたちらし寿司の入った皿を見て電子レンジで温めたのだそうだ。

「いいやん、ちらし寿司がちょっとくらいあったかくても。食べるのはお父さんやし」。

私が宥《なだ》めると、「だって、寿司やで？」母は負けじと反論し、一層悲しい顔をする。そして、「お父さんは、私が作ったものを何にも見んとチンしてんねん！」と、悲痛な叫びが家中に響いたのである。

なるほど、夫婦喧嘩《げんか》は犬も食わないっていうのはこういう意味なのか。妙に納得している私の隣で、一連の騒動を見ていた弟が真面目な顔で立ち上がり、「オヤジ、ちらし寿司はチンすんなよな」と父の肩を叩《たた》いた。何とも阿呆らしい終幕だった。

父と母は60歳を過ぎたが、今でも同じような珍道中が続いている。その度に「またしょーもないこと言うて」と関西弁で呆れてしまいそうになるが、下らないことで喧嘩できる、それこそが50年関係を続けていける秘訣なのかもしれない。

そう言ったら、父はきっとしたり顔で「そうやで」と頷《うなず》き、母は「そうやでちゃうわ」と突っ込むだろう。これからも続けて欲しい。

ラップの殴り合い

ヒップホップ音楽の中に、「フリースタイルラップ」というものがある。

既存の曲を歌うのではなく、即興でラップを行うことで、その場の空気感や時事ネタなどが盛り込まれる面白さがある。

フリースタイルラップを一人で披露している人もいるけれど、二人でステージに上がり、交互にやりあう「フリースタイルラップバトル」という形を取っていることが多い。「バトル」と言うだけあって、ほとんどラップによる殴り合いのようなものである。

例えば先攻のラッパーが対戦相手に向かって「お前の韻の使い回し、決してできない深い話、不快だよまじで、不甲斐《ふがい》なさすぎんだよ」と韻を踏みながら攻撃。凄《すさ》まじいパンチである。

すると、後攻のラッパーは、「どっちが汚れ？　お前おちこぼれ、自分の力ひとつでよじ登れよカスが！」と、攻撃。今度はアッパーが入った！　これは相当ダメージをくらったぞ！　と、バトルを見ているととても興奮するのである。

しかし、バトルを見ていて一つだけ引っかかっていることがある。売れることをダサいことのように表現する場面が、時折見受けられるのだ。「セルアウト」という言葉もあるくらいで、「自分たちの守ってきたものを裏切って売れ線の音楽を作る」という意味で使われている。

例えばメジャーシーンで活躍するようになり、テレビに出ていったラッパーに対して「カメラの前で決めんのが芸」「キメェ曲作ってヒット狙う」と歌詞で攻撃。バトルの中でも、「お前はラップで儲かってんのかテレビで儲かってんのか」というディス（否定）が繰り広げられている。

もちろん、ラッパー全員がメジャーシーンを毛嫌いしているわけではなく、テレビに出たラッパーがセルアウトだと揶揄《やゆ》されても、「売れたくねえならマイクを置けよ」と言い返していることもある。

でもそもそも、売れることを軽視するのは簡単だけれど、実際に売れるようになるのはものすごく難しいことなのに！　と私は思うのだ。

何十人何百人ではなく、何十万人何百万人に届くものを作ることがどれだけ大変なことなのかを、私は音楽業界に入ってからのこの10年でよく見てきたと思う。ただ大衆に媚《こ》びを売っただけでヒットを出すことに成功した人など、見たことがない。

確かに、幅広い年齢層に届けたいと思ったら難しい言葉を避ける努力や、誰もが一発で覚えられるようなキャッチーさを追求することも必要だろう。その過程で、一握りの人だけが理解できるものではなくなるかもしれない。

でも、ごく少数の人間に届くものだけが崇高《すうこう》な芸術なのだろうか。魂を削って作った作品を一人でも多くの人に聞いてもらいたいと思い、メディアに出ていくことは本当にダサいことだろうか。

フリースタイルラップバトルはとても面白い。近年ではテレビ局がレギュラー番組を作るほど人気があって、どんどんメディアに出ていくラッパーが増えている。「セルアウト」と叫ぶのもラップでバトルするという文化の一つなのかもしれないけれど、その言葉に引っ張られずに、もっと多くの人が魅力を知ってほしい、と思う。

電車図鑑

保育園の先生から、「子供が指さしを始めたら、それが何なのか教えてあげてください。そうすると、どんどん言葉を覚えていきますよ」と言われた。

1歳9カ月になる息子は、毎日のように「お」とか「げ」とか言いながら、何かを指さしている。同じ月齢の子供の中には、「ママきて」「わんわんいた」など早くも2語を使いこなしている子もいるけれど、我が子はおっとりした性格のようで、まだあまり話さず指をさしてばかりだ。

焦《じ》れている訳ではないけれど、そろそろお喋りする姿も見てみたい。そう思って本格的に指さしに付き合ってみているのだけれど、最近ある問題に直面している。息子、三度の飯より電車が好きなのである。

彼が好きな絵本の中に、電車図鑑というものがある。1ページに一つ電車の写真が載っており、めくってもめくってもひたすら電車が現れるという本で、書いてある文字は電車の名前だけ、というかなり渋い本だ。

彼はその電車図鑑を私の手に無理やり持たせ、「ぐ」「ぐ」と言いながら、読むことを催促してくる。仕方がないのでページをめくってみると、1ページ目「N700けいのぞみ」2ページ目「N700けいみずほ」3ページ目「N500けいこだま」と、こんな調子なのである。電車の後ろに変わった景色が映っている訳でもなく、大体が山の中か田んぼの中、または何の変哲もない街の中なので、話すことに困ってしまう。

「おだきゅうロマンスカー！　これに乗ったらばあばの家の近くまで行けるね。今度乗ってみる？」

頑張って工夫して話してみるけれど、すぐに限界がくる。そもそもこんなの、面白いのだろうか。そう思ってチラリと息子を見ると、「ぐ！　ぐ！」と嬉しそうに声をあげているので続けて読んでみる。

「とうほくしんかんせんはやぶさ」「ドクターイエロー」——。このあたりは見た目が派手で子供たちにも人気の電車らしく、おもちゃ屋さんでもよく見かける。しかし、「はやて」「こまち」「つばめ」「つばさ」このへんになってくると、何度見ても違いを覚えられない。

「このお目目が縦長なのがつばめで、真ん中に2つ光ってるのがこまち。それからはやては……」

微々たる違いを探しながら何とか説明。心の中では「もっと分かりやすい特徴をつけてくれ！」と叫びながらも、「この窓の形が格好いいね」などとコメントしてみる。

まだ言葉の話せない子供に、私でさえ知らない電車の名前を教えて意味があるのだろうか。もっと会話らしいものを教えた方がいいんじゃないか。悩みながらもひたすら電車の名前を教えていたけれど、ふと「なんかいラピートどれかな？」と聞いてみた。すると、ささっとページをめくり、南海ラピートのごつめな青い車体を指さしているではないか！

感動しながら「スーパーはくちょうは？」と聞いてみると、今度は訳知り顔で緑色の電車を指さしている。正解である。彼はいつの間にか、図鑑に書いてあるほとんどの電車の名前を覚えていたようだ。

「わーん天才！」

泣きそうになりながら、「ぐ！」と笑っている息子を抱きしめた。親バカかなと自覚しつつ、愛が伝わっているような気がした。

緊張との関係

「緊張しないの？」

大きなステージに立つと、よく聞かれる質問のうちの一つだ。特に人前に立つことが苦手な人からは、「自分ならステージで吐く」「自分なら震えて歩けない」という感想と共に質問されることも多い。しかし実際に人前に立ってみると、吐いたり歩けなくなったりしてしまうというような、演奏よりも目立つことはなかなかできない。

私の初ライブは、辞書に載せてもいいくらい完璧な「緊張」だった。どれだけ落ち着こうと深呼吸をしても鍵盤の上で指が震え、客席をちらりとも見ることができず、逃げるように黒と白を見つめる。お客さんから見たら、ただ黙々とピアノを弾いているピアニストに見えただろう。

もしも吐いたりすれば「今日のライブでピアノ奏者が突然吐いちゃって大変だった」と

いう話のネタにもなるかもしれないが、演奏者が本当に緊張している時というのは、実際は話題にもならないくらい地味なのだ。

カチコチの初ライブを終え、5人だったお客さんは時を経て5万人になり、バンドは来年（2020年）でデビュー10周年を迎えようとしている。今でもステージにあがると毎回緊張するけれど、今は「緊張したくないのに緊張してしまう」から、「緊張するように仕向けている」という意味の緊張になってきたと思う。

公演を繰り返すと当然慣れてくるもので、何となくステージにあがってしまっても、ただ平淡に弾くだけなら何とかなる。初めて5万人を目にした日は「ギョエェェェ！」と目の玉が飛び出てしまいそうになったけれど、繰り返していくと「ギョエ！」くらいになっていき、単純な驚きだけでいえば少なくなっていく。毎回「ギョエェェェ！」とやっていると、身体や心がもたないからだろう。その脳の機能がなければいつまでも初ライブの緊張が取れないままになってしまうので、身体の不思議には感謝するしかないけれど、ライブが毎回「何とかなった」では、今度は10周年以降の活動が危ぶまれることになる。

同じセット、同じ曲順、同じメンバー。その中で毎回新鮮な気持ちでステージに立つには、自分を奮い立たせて緊張させる努力も必要になってくるのだ。

緊張をする為には、一にも二にも入念な準備が欠かせない。事前の練習はもちろん、当日何時に起きて、何を食べて、直前にどんな練習をするのか。ステージに立つ前には歓声が上がるタイミングやお客さんの視線を具体的にイメージして、頭に叩き込んでおく。突然誰かの演奏が止まってしまったらどうするか。もしも自分から始まる曲の出だしが分からなくなってしまったらどうするか。想定外のことが起きても驚かないように、思いつく限りのことをイメージしておく。

「深瀬くんがステージから落ちたらどうするか」ということは考えていなくて、2019年に行った『The Colors』のツアー中に目の前でステージから落下した時には焦ってしまったけれど、ステージに立つ前はいつも入念な準備を欠かさないようにしている。

結局は緊張しないようにする努力も、自分を奮い立たせて緊張させる努力も同じことなのだ。最善を尽くそうとする限り、「緊張しない?」の答えは、いつも「緊張するよ」になるのだと、10周年を目前に感じている。

入国審査

先日、ミュージックビデオ撮影のためニューヨークへ行った。

アメリカに行くと毎回悩ませられるのが、入国審査である。ツアーや撮影などで海外に行くことが多いけれど、アメリカほど入国審査の列が長い場所はない。

アジアの国では、基本的に入国審査をする時に会話はない。「ハーイ」と言ってパスポートを渡してもチラリと一瞥《いちべつ》されるだけで、審査官から発されるのは「カメラを見て」くらいである。

ロンドンでは2019年から日本人も自動化ゲートが使えるようになったので、機械にパスポートをかざして写真を撮れば一言も発さずに入国できる。

一方、アメリカの入国審査はそうはいかない。まずは一言目、審査官が「何のためにアメリカに?」と聞いてくる。

私が「ミュージックビデオ撮影のために来ました」と言うと、間髪入れずに「ミュージシャンなのか？」と質問が続く。

「そうです。私はピアニストです」

そう言うと、「何歳からピアノをやってるんだ？」と真面目な顔。

その質問、アメリカに入国して良い人物か判断する為に、本当に必要だろうか。心の中で突っ込みながら、

「5歳からです。クラシックをずっとやってたけど、今はバンドを」

こちらも聞かれていない情報を負けじと返してみる。

すると、「もしかして、君の前に並んでた人も同じバンド？」と、前に並んで同じように「ミュージックビデオの撮影に来ました」と答えたラブさんと私の関係に気づいたようだ。

「ああ、そうです。4人組のバンドです」

やれやれ、これで終了か。そう思って微笑んでみるも、審査官は「有名なのか？」とニヤニヤ笑いかけてくる。

間違いない、この質問は重要じゃない。そう思いながら、「ちょっと」と言って親指と人さし指でコの字を作り、ジェスチャーをしてみる。すると、「バンド名を教えてくれよ、

帰ったら音楽を聴くから！」と大きな声を出した。

ちらりと後ろを見ると、十数時間のフライトの後で亡霊のようになっている人々が長蛇の列をなしている。顔色が悪い人も多く、時差ぼけのせいか全体的に覇気がない。まるで閻魔《えんま》大王に判決をもらう列のようだ。

よくこんな人たちを待たせてそんな質問ができるな。そう思いながら「SEKAI NO OWARI っていうバンドです」と答えると、審査官は「S…E…」と言いながらパソコンにバンド名を入力し始めた。その場で調べ始めたのである。

「たくさん写真が出てくるじゃないか。この写真なんてすごい人数のお客さんだ。俺、もしかしてスーパースターに会っちゃったか？」

審査官はふざけているが、私も13時間のフライトを終え、地獄の王の裁きを受けるために列に並んでやっとここまできた身。煽《おだ》てられても「あはは」と乾いた笑いしか出てこない。

すると、「あれ……このピエロってもしかして……」

なかなか勘がいいようで、気づいたようである。周りに日本人も多くいるのに、彼が口に手を当てて「オーマイガッ！」と大声で言うので、私がピエロの素顔は秘密なのだと説明すると、「このことは誰にも言わないでおくよ。撮影を頑張れよ！」。

やっと送り出してくれた。

一人ひとりにこれだけ時間をかけていたら、当然入国審査の列はどんどん長くなる。ため息をつきながら、ああ、アメリカだなあ、とゲートをくぐった。日本人にとっては不条理とも思えるエネルギーに満ちたこの国に入国するには、まずは閻魔大王の洗礼を受けなければならないのだ。

引っ越し

私には現在2軒の家がある。スタジオがある家（セカオワハウスと呼ばれている）と、夫と子供と暮らす家である。

状況に合わせて行き来していたけれど、最近後者の方を引っ越そうということになった。3年前に結婚をしたタイミングで借りた家だったけれど、いざ引っ越すとなると感慨深いものがあった。

その家は私の人生のうちで、一番少ない人数で暮らした家だった。生まれた家は家族5人暮らしで、セカオワハウスはバンドメンバーやスタッフ、シェアメイトの外国人らがいつも4~7人いて、常に賑《にぎ》やかな暮らしをしてきた。

だから夫と子供の3人暮らしなんてどうなるんだろうか、とソワソワしながら生活をスタートさせたけれど、始まってみると家に静かな時間があることが新鮮で、それは心地の良い時間でもあった。

家は古いアパートだった。

その自宅に友人が遊びに来てくれるとオートロック付きマンションでないことに驚き、「セキュリティとか大丈夫なの？」と聞かれたけれど、オートロックがないからと言って誰かが無理やり家に押し入ってくる、なんてことは起きなかった。

テレビに出ているミュージシャンだという理由だけで、都心のタワーマンションに住んで、隠れるように生活しているものだと思っている人は多い。

「電車に乗って大丈夫なの？」「レストランで個室じゃなくて大丈夫なの？」と聞かれたことも一度や二度ではなく、大丈夫じゃないことを期待されているようで答えるのが気まずいのだけれど、その家ではデビュー前と同じ生活をしていても大した問題はなかった。

近所の人にSEKAI NO OWARIというバンドをやっているということを自分から言ったことはなかったけれど、挨拶をしたついでに「この間のテレビ、見ましたよ」とか、「アルバムリリースおめでとうございます」など、一言だけ声をかけてくれることがあった。過度に干渉せずにさりげない心遣いで見守ってくれているのが心地よかった。

大きな白い犬を飼っているご近所さんと仲良くなり、家族みんなで自宅に招いてもらったこともあった。新しい土地で気軽に遊びにいけるご近所さんが出来たことが嬉しくて、帰り道はいつも幸せな気分になった。

そんなに広い家ではなかったけれど、天井が高くて気に入っていたその家のベランダで、夫は「塊根《かいこん》植物」という根っこが主役の変わった植物を集め、育てていた。

1畳ほどしかないベランダにウッドデッキを敷き詰め、朝からヘンテコな形の植物をずらっと並べて世話をする夫の姿を見ていると、不眠症のせいで朝陽を恐れていた頃の自分を思い返して、大人になったのだな、とふと感じることがあった。

退去日にがらんどうの部屋を見渡しながら、「ありがとう」と思った。夫と子供との暮らしを支えてくれてありがとう。いつも風通しのいい部屋をありがとう。素敵なご近所さんと出会わせてくれてありがとう。

ありがとう、と思えば思うほど、恋人と円満に別れる時のような寂しさが胸をついた。

新しい家は、また天井の高い家を選んだ。次にあの家の天井を見上げるのはどんな人なのだろうと考えながら、新居に差し込む朝陽を眺めている。

2万円の封筒

大学受験前、クラシックピアノにおける身体の使い方を勉強したくて、有名な先生のレッスンを受講したいと親にお願いしたことがある。

レッスン代は1時間2万円。先生は遠方に住んでいるので、夜行バスの往復の値段を入れたら一度で3万円以上かかった。1時間2万円というのは安い方ではないけれど、著名な先生ではままある金額だ。

「どうしてもこの先生に習いたい」と私が言うと、両親は渋い顔をしながら「そんなにやりたいことが明確にあるんやったら、何とかするわ」と言ってくれた。

本当は一度目のレッスンには挨拶の意味を込めた手土産を持っていくのがしきたりだったけれど、そこまで両親に頼むわけにはいかず、自分で稼いだアルバイト代で菓子折りを買うことにした。

デパートの地下で買った缶入りのクッキーの重さは自分の5時間分のアルバイト代と同じで、絶対に無駄にしたくない、と思った。

封筒に入った2万円を握りしめながら、こんなレッスンが受けられるのも受験の時期だけだ、と心に刻む。弟が2人もいるし、歳も近いのでまだまだお金もかかる。両親がどれくらい無理をしてくれたのか分からないけれど、もしかすると次はないかもしれない。

（よし、交通費含め3万円分、先生からちゃんと吸収してやる……）

ピアノの椅子に座って先生に微笑みかけながら、指の産毛の先まで神経を尖《とが》らせて、レッスンは始まったのだった。

入れ替わりでレッスンを受ける生徒の中には、いつも母親と新幹線で来ている子もいた。私がやっとの思いで通えた先生に週に1回教えてもらっている生徒や、家にグランドピアノが2台あって、毎年海外留学している生徒も見かけた。

客観的に考えれば自分も充分恵まれているはずなのに、彼らの演奏が素晴らしいと「お金持ちのおうちはいくらでもレッスンが受けられるからね」という嫌味《いやみ》が頭をよぎった。私だって、あんなにお金持ちの家に生まれたら。どうしても振り払えないその考えが、時に彼らより良い演奏ができない言い訳にもなっていった。

そんな時、ある同門下生の女の子から、「サオリが羨《うらや》ましいよ」と言われることがあった。彼女は門下生の中でも指折りのお嬢様で、ガラス張りの防音室と1千万円近くするスタインウェイのピアノがある家に住んでいた。

「できて当たり前になるの」。彼女は静かに言った。

「みんなが私のことを目の敵にしてるの、知ってるでしょう？　あんな良い設備があって、質の高いレッスンが受けられるのに、努力が足りないよねって。完璧な環境を整えられる苦しみだってあるんだよ」

そんな悩みがあるなんて高校生の私は一度も考えたことがなくて、とても驚いた。

彼女からすれば、おなかいっぱいなのに目の前に豪華なステーキを出されたようなものだったのだろうか。喜んで食べない彼女の姿を見て、周囲の人が「みんな食べたくて仕方ないのに、よく残せるね」と陰口を叩いているようなものだったのかもしれない。

お金で環境を整えることはできても、「餓《う》え」を買うことはできない。特別なレッスンをいくらでも受けられる彼女のことを羨ましく思っても、もう言い訳に使うことはなくなった。

保育園のテレビ

息子を保育園に迎えに行くと、園児が1カ所に集まっているのが外のガラス戸から見えた。何をそんなに食い入るように見ているんだろう。不思議に思いながら園に入ると、息子の視線の先にはテレビがあった。子供に人気のアニメが流れていて、私が入ってきたことに園児たちは誰も気づかない。

「こんにちは」。園内に声をかけると、奥から保育士さんが出てきて息子の荷物をまとめてくれた。ようやくお迎えに気づいた息子は嬉しそうに手を万歳にして走ってきたけれど

私は子を抱きながら頭を悩ませた。保育園でも、テレビを見せているんだ……。

自宅で息子にテレビを見せることはよくある。特に手が離せない家事をしている時や急いで支度をしている時など、テレビに助けられることも多く、日ごろは感謝するばかりだ。

自分もテレビに出演する身として、一つの番組にどれだけの時間と労力が割かれている

か少なからず知っているし、愛情を込めて作ったものは多くの人に見てほしいとも思っている。

テレビで歌やダンスを見れば、新しい言葉を覚えることもできるだろう。

でも、保育園では子供はテレビを見るのではなく、保育士さんや小さな友達たちとコミュニケーションをとってほしいと思ってしまったのだ。

私は「この園にこのまま通わせていいのか」と悩んだ。現在息子が通っているのは認可外保育園で、来年度の認可保育園に応募しようとしているところだった。

過剰に反応しすぎかもしれないし、園に見当違いな文句を言ったりして、自分が気づかないうちにモンスターペアレントになるのだけは避けたい。たった1人の子供をみるだけでも、全くテレビに頼らないのは大変だと知っているのに、1人で何人もの子供をみながら事務仕事をこなす保育士さんに向かって、「テレビを見せるな」というのは、身勝手な親の要求なのかもしれない。

私が住んでいる区は、認可保育園に入るのが特に難しいと言われている。例えば両親が週に40時間以上働いていることに加え、1年以上会社に在籍していて、更に認可外保育園（ほとんどが高額）に既に預けていること。これが入園できる最低ラインの条件なので、両親がフルタイムで働いている家庭以外は、まず門前払いされてしまう。

今、私は撮影を終えて、認可保育園に入るために提出しなければならない「3カ月分のスケジュール」を書いていて、息子が保育園に登園できなければ仕事ができないことを証明する書類を作成中だ。書きながら、こんなに働いているのにいつまでも認可保育園に入れなかったらどうしようと不安が過《よ》ぎる。

もちろん、私よりも大変な状況にいる人だってたくさんいるのも知っている。だからこそ、声を大にして言いたい。

保育士さんの働く環境を改善して下さい。そして誰もが安心して子供を預け、働きたい人が働ける環境を作って下さい、と。

私に日本の制度を変える力はないけれど、小さな子供を育てる為に悪戦苦闘する人たちの味方でありたいと思っている。

義足のランナー

「24時間テレビにSEKAI NO OWARIのタオルを首にかけている子が映ってた！」

知り合いからそんな話を聞いたのは2015年夏だった。

タオルを持っているということは、ライブに来たことがあるのだろうか。そう思いながら後日番組を見せてもらって驚いた。

彼女は義足のランナーだった。

太ももまでしかない右脚と、そこから伸びる義足にすぐに目がいった。子供の時、障害のある人が車椅子で電車に乗っていて、「じろじろ見てはダメ」と注意されたことがあるけれど、大人になった今でも身体に障害のある人を見かけると、つい目を引かれてしまう。子供の時は、何故見てはいけないのか分からなかったけれど、今でも正解は見つかっていない。

今分かるのは、目を引かれるから見つめて良いのか、という問題に絶対的な正解はないということだ。見られることが嫌な人もいれば、反対に目を逸《そ》らされるのが嫌だと言う人もいるだろう。

テレビに映る、義足をつけて走る彼女の姿はナショナルジオグラフィックで見たことのある逞しい動物みたいにしなやかで美しかった。

1年後、彼女の出場する大会を実際に見に行くことになった。突然行ってみようと言い出したのはボーカルの深瀬くんで、ただテレビを見ただけにとどまらず、行動に移すところが彼らしいと思いながら、私もそれに便乗させてもらうことにした。

初めて行く陸上競技場で見た彼女はとても速く、実際の走りはテレビで見るよりも更に迫力があって、義足であることが彼女の魅力の一つになっていた。

競技が終わると彼女はアスリート特有の集中した顔から一変、「わあ、本物のセカオワや！」とぴょんぴょん跳ねてこちらにやって来て、普通の10代の女の子の顔になった。咄《とっ》嗟《さ》に思ったのは、「子供たちに彼女の走る姿を見せてあげたい」ということだった。彼女にならば自身の身体や義足についての疑問を、子供たちが素直に問いかけられるような気がした。

その大会から数年後、私は20歳を迎えて大人になった彼女と一緒にお酒を飲むようになった。

「サオリさん、私ずっとやりたかったことができるようになったんです！」

いつものように出合い頭にぱあっと笑顔を見せた後、彼女は右足の義足をぽこっと外して見せてくれる。持ってみると想像以上に重く、これを太ももの筋肉で支えるのかと驚いた。

「これは新しい義足？」

「そうです。膝が曲がる仕様になったんですが、なんとみんなと同じように階段を登れるようになったんです！」

そう言いながら、右、左と交互に一段一段階段を登れることがどんなに素晴らしいかを私に教えてくれた。普段普通にやっていたことが彼女のフィルターを通して見るときらきらして見えて、こっちまで階段を登ることが特別なことに思えてくる。

右足のない人生を送る彼女は、右足のある私が知らないことをたくさん知っているのだ。

「楓《かえで》ちゃん、おめでとう！」

乾杯しながら、あのタオルを巻いた女の子とこんな風に飲むことになるなんて、と感慨深く思う。義足の少女こと前川楓選手は、東京パラリンピック走り幅跳びの代表に内定した。今度は私が首にタオルを巻いて応援する番だ。

ビワイチ

「ビワイチやろうよ！」

ある日、バンドメンバーたちがビワイチなるものに挑戦すると言いだした。ビワイチとは「琵琶湖一周サイクリング」のことで、一周200キロのコースを何日かに分けて走るという。

バンド内で琵琶湖といえば、2012年のホールツアーで行った「びわ湖ホール」なのだけれど、ライブが始まる前にボーカルの深瀬くんは「ふらっと琵琶湖でも散歩するか」とホテルの外を歩き始め、湖の大きさに驚愕《きょうがく》。その時から「いつか一周してやろう」と思っていたらしい。

男子メンバーたちは「やろうやろう」と盛り上がっていたけれど、私は休憩ポイントで旗でも振って待っている、と言った。妊娠して以来、一度も自転車に乗っていない。約3

年ぶりの自転車が２００キロなんて無茶だろう。すると話を聞いていた夫が「俺もメンバーと走りたい」と言うので、私は自分の母と息子と三人、現地でゆっくり過ごすことにした。

今回は琵琶湖一周を2泊3日でまわる予定で、まずは初日に50キロ走る。メンバーたちは昼すぎから走り始め、向かい風の中でペダルを漕《こ》ぎ続けた。ゴール地点で待っている私の元へ彼らがやってきたのは夕暮れ時だった。

「あの坂道が本当に辛かったよね」

「風さえなければ良かったよね！」

口々に感想を言い合うメンバーたちを見て、いいなあと思った。この「いいなあ」は「自分もやりたいなあ」という意味ではなく、「幼なじみと夫が一緒に自転車を漕いで、仲良く話してるっていいなあ」だ。しかし、彼らを外側から眺めていると急に声が飛んできた。

「やっぱりサオリちゃんも一緒にやろうよ！」

汗をふきながら、爽やかな表情を浮かべる深瀬くんだ。私たちのバンドのデビュー時、白いパジャマを着たアーティスト写真を撮り、センシティブな歌詞が乗った曲を発表した為、多くの人が「このバンドのボーカルは部屋の隅っこで体育座りをして休日を過ごすようなタイプだろう。病弱そうだ」と思ったらしい。そのイメージとはかけ離れた清々《すがすが》しい姿である。結局最後は「これからずっと、思い出話に参加できなくなるよ?」という押しに負けて、私は急遽《きゅうきょ》次の日からビワイチに参加することになった。

2日目の距離は100キロだった。3年ぶりの自転車なのに、いきなり100キロ。不安もあったけれど、丁寧に感覚を思い出しながらペダルを漕いだ。頬に当たる冷たい風も鼻の奥がツンとする寒さも久しぶりで、アルバイトに行くために自転車を漕いでいた学生時代を思い出す。ああ、いつもまかないを楽しみにペダルを漕いでたなあ。

10キロを超えたところで水を飲む為に自転車を止めた。一口、ごくり。イケると思った。思っていたより疲れていないし、10回繰り返せばゴール地点に着くなら楽勝かもしれない。普段運動はほとんどしていないけれど、意外と体力があると言われてきた。デビューしてからのこの10年の間、産後に1カ月休みを取った以外で仕事を休んだことがないのだ。

何故か根拠のない自信が湧いてきて、ペダルを漕ぐ足に力がこもった。湖には何羽もの水鳥が湖上に身体を浮かせ、まるでこちらに向かって「あなたならできるわ」とディズニーランドさながらに歌っているかのように見えた。

琵琶湖を眺めながら、「湖ってどういう意味だっけ?」と考え始めたのは、20キロ地点だった。

学校では池や沼より大きな水たまりだと習ったはずだけれど、それにしても大きい。そもそも全貌をいっぺんに見ることができない程大きなものを「水たまり」と認識してよいものだろうか。

私は自転車を止めて水を飲んだ。

「今日はこれをあと4回か……」

頭の中で計算をしながら水面《みなも》に視線を向ける。風に吹かれて水面が揺れ、まるで広大な海のように見えた。本当にここを一周できるのだろうか。急に不安が過ぎった。15キロあたりからサドルに当たる部分が痛み出している。お尻に心臓があるかのように、下半身はずきずきと不安なビートを刻み始めた。

50キロ地点で昼食を取ることになった。そこで選択肢が与えられた。目の前の橋を渡るか、湖に沿って回り道をするか。前者だと1キロほどでホテルに着くけれど、後者はあと50キロの道のりだ。口の中に唾がたまる。リタイアはしたくないが、とにかくお尻が痛い。ここから50キロは……。

私が迷っていると、後ろから「ここで諦めたら、絶対後悔するよ！」という声が聞こえた。まるでスポ根漫画の台詞《せりふ》のようだけれど、ボーカルの深瀬くんの声だ。

高校を中退、留学を試みるも心身の不調で帰国し入院、そして「世界の終わり」という縁起でもない名前のバンドを結成した彼は、その経歴からデビュー当時よく「『時計じかけのオレンジ』を暗い部屋でずっと見てそう」と言われていた。もはや詐欺レベルのキャラ変更に思える。

私は渋々自転車を漕いで折り返しに挑戦することにした。

強い向かい風が吹いた。自転車についているメーターを見ると、時速15キロしか出ていないのに坂道を上がっているような負荷を感じる。日が暮れ、一気に気温が下がる。手足の指先が氷のように冷たくなっていく中で、お尻だけが熱く燃えていた。どんどん痛みが増し、90キロに差し掛かるとほとんどサドルに座れない。立ち漕ぎなんてするのはいつ以来だろう。鼻水が出ているのに、拭いている余裕がない。

ようやくホテルに着いた時、あたりは真っ暗だった。夫もメンバーも、皆が入り口の前で手を振っている。「頑張ったね」「お疲れさま」。そう言いながら抱擁を交わした。100キロを完走したのだ。その夜はそのまま布団に倒れ込み、ぐっすり朝まで眠った。

翌日、最後の50キロを走りながら、次の機会は必ず断ろうと心に決めた。一夜明けると、お尻の痛みはさらに増していたのだ。帰宅後に座ってピアノを弾いたり文章を書いたり出来るのか心配になったが、それでも「もうここまで来たら」と立ち漕ぎを挟みながら走り続けた。辛い。痛い。次は断ろう。ペダルを漕ぐごとにマイナスの言葉が浮かび、深瀬くんへの恨みの言葉まで考え始める始末。

ようやくゴールが見えた時、叫び出したいほど嬉しかった。この痛みからようやく解放される。もうペダルを漕がなくていいのだ。お尻もゆっくりと回復するだろう。

しかし気が緩んでいたのか、ゴール地点で「またやろうぜ！」と言うボーカルに、気がついたら笑顔で頷いてしまっていた。次は何を提案されるのか、びくびくしている。

未来を変える性教育

「あなたは変質者にあったことがありますか」

友達にそんな質問をすると、十中八九「ある」という回答が戻ってくる。それも一度や二度ではなく、数度という回答がほとんどだ。

私もある。最初は7歳の頃だった。小学校の帰り道に知らない男性から「どうしてもズボンのチャックが閉まらない。一緒にあの家の裏でチャックを閉めて欲しい」と話しかけられ、困惑しながら物陰に隠れて男性のチャックを閉めるのを手伝った。父や学校の先生のような、自分が知っているどんな異性とも違う雰囲気の男性だった。

無事にチャックが閉まると、男性は「ありがとう」と礼を言って立ち去ったけれど、手を振りながら私の胸はざわざわと音を立てた。言われたままに手伝っただけのつもりでいたけれど、もしかするとあの男性は危険な人物だったのかもしれない。知らない人についていってはダメだと両親に散々言われてきたのに、言いつけを破ってしまったのだろうか。きっと母は怒るだろう。学校で問題になってしまったらどうしよう。

急に息が上がった。自分は悪いことをしてしまったかもしれないという不安で胸がいっぱいになり、どう説明すれば良いのか、どう説明すれば怒られないのかと震えながら考えた。結局、私は帰宅してからもそのことを母親に打ち明けることが出来なかった。

性被害に遭ったにもかかわらず、「自分が悪かったのかも」「怒られる」と考え、親に言うことの出来ない子供は少なくない。事件として露見しているものよりも、遥かに多い性被害が存在するだろう。それには、性教育が足りないことによる知識の少なさが影響しているのではないだろうか。

日本は性教育において後進国だと言われている。子供に性教育など早すぎると考える人もいるけれど、いきなり避妊や性行為のような踏み込んだ内容を教える必要はない。オランダの初等教育課程では、「誰かが自分のプライベートな部分（例えば、水着で隠れる部分）を触ってきたり、見せてほしいと言われたら絶対に『NO』と言おう」という授業が性教育の一環として行われている。例えばこうだ。

「よく知らないおばさんが訪ねてきて、あなたに（挨拶の）キスをしたいと言っています。そんな時どうしますか？」という状況設定で、教師と小さな男児がロールプレイを試みる授業。

男児は「キスはいやだ」と発言し、一方で「握手ならいい」と意見する。5、6歳の子供でも、握手やキスといった他者からの身体接触に対してしっかり線引きをし、発信する訓練をされている。最初は自分の身体を守る方法や、自分の意思の伝え方といった、他者との関わり方から学び始めるのだ。

一方日本では、成人した女性でもセクハラに対して「NO」と言うのは決して容易なことではない。上司から腰に手を回されるのが嫌でも、同僚から気軽に胸のサイズを聞かれ傷ついても、嫌悪感をはっきりと言葉に出来る人は少ない。

勇気を出して自分の気持ちを伝えることが出来ても、「冗談も通じない」「隙を見せている」と揶揄されてしまうことも多いからだ。
#MeToo運動の時に声をあげた女性に対しても、「見返りを求めて自ら近づいたのでは」「あなたにも落ち度があったのでは」という反応が多くあった。私は、どんな理由であろうと被害者を叩くことには賛成できない。どんな理由であろうと、被害者の痛みは痛みとして存在するからだ。しかし、女性が「NO」だと言っても、「NO」と言うことに社会が賛同してくれないのであれば、声をあげられる人が少なくて当然だろう。
私たちは学校で「暴力を振るってはいけません」と教わったけれど、「NOと言おう」

「NOと言われることもある」という教育は受けていない。自分の気持ちを発信することにも、そして他人の気持ちを受け止めることにも、訓練が必要なのではないだろうか。

日本で性教育が足りないことの弊害は、他にもある。

小学校5年生の理科の教科書をめくってみると、「女性の体内で作られた卵（卵子）と男性の体内で作られた精子が結びついて受精したとき、新しい生命が始まる」（大日本図書『新版たのしい理科』）という記述があり、受精後、胎児が成長していく過程が書かれている。でも、どのようにして精子と卵子が結びつくのかは書かれていない。現状の教育では、中等教育でさえセックスについては教えないことになっているからだ。

この説明で、どれくらいの人が正確な情報を知ることが出来るだろうか。料理で言えば、「豚ひき肉と鶏レバー、豚トロを用意し、タマネギやナッツなどと合わせるとパテ・ド・カンパーニュが出来ます」くらいざっくりした説明に思える。

どんな順番で肉を合わせ、何に注意をし、どうやって加熱するのか教えないまま子供たちにパテ・ド・カンパーニュを作らせたらどんなものが出来るだろうか。加熱が足りず、保存方法が悪ければ食中毒になってしまう危険性もある。上手く出来ない人がいて当然、問題が起きて当然なのである。

私たちは、セックスとは何なのか、どんなことに注意しなければならないのかを正確な情報で学習していない。情報が一部隠されているとまるで知ってはいけないことのように思ってしまうけれど、それ自体が悪い行為ではないことや、未経験でも問題がないということを教わっていない。誰も教えてくれないのだから、知らない人がいても不思議ではない。

これからの未来を担う子供たちには、自分のことはもちろん、他者への想像力を働かせることのできる人になって欲しい。

それには、性教育をシステムから変えていかなくてはならないように思う。

30年来の仲直り

もうあんな奴と一緒にバンドなんか出来ないと、何度思っただろうか。ボーカルの深瀬くんの話である。

深瀬くんとは幼稚園で出会い、同じ小学校、中学校に通い、高校は別のところへ行ったもののそこから付き合いが続いているので、もう30年近く一緒にいることになる。

そう言うとよほど相性がいいと思われるのだろう、「喧嘩とかしないんですか？」とよく聞かれるのだけれど、めちゃくちゃする。あまりにするので、最近は周囲が呆れているのか誰も止めてくれない。

深瀬くんとの付き合いは確かに長いけれど、同じだけ喧嘩歴も長い。学生の頃は生き方や考え方について口論になり、バンドを始めると制作過程で口論になり、バンドがデビューしたらしたで立ち居振る舞いについて口論になる。何をやっても言い合ってきた私たちは、歳を重ねるごとに温和になる……ということもなく、残念ながら最近になっても一向に衰える気配はない。

それにしても2019年は酷かった。

私たちはデビュー9周年、『The Colors』という全国28カ所で行われたアリーナツアー中で、同時に取材や制作も行っていたので、週のうち少なくとも5日間は一緒に仕事をしていた。

朝から晩まで週に5日も一緒にいれば口論の一つくらいあるかもしれないが、5日に一度ではなく5日に五度は喧嘩していた。一日一善ならぬ、一日一戦。どちらかが口を開けば喧嘩になるという状態で、そんな空気が数カ月流れ続けた頃、来る10周年に暗雲が立ち込めた。

事態を重くみたスタッフや友人には、

「何があったの？」

と聞かれたけれど、上手く説明出来なかった。本当はその日起こった小競り合いなんて大した理由ではなく、長年積もっていたものがばらばらと崩れ落ちている時期なのだろうと分かってはいたけれど、私は、

「深瀬くんにこんなこと言われて！」とか、「深瀬くんがこんな酷いことして！」とか、

とにかく思っていることをぶちまけていた。言い訳をすると、普段なら自分のバンドのボーカルの悪い噂が一人歩きしたら嫌だなと、冷静に考えてやめるところ。でも、正直もうどうにでもなれと思っていた。良かれと思ってやったことさえ全て裏目に出て、途方にくれていた時期だった。

一方深瀬くんの方は、静かに解散を視野に入れているように見えた。十数年このバンドのことだけを考え、チームを引っ張ってきた深瀬くんからしたら、子供を育てながら仕事をしている私のやり方が甘く見えたのかもしれない。何となく仕事をこなすぐらいだったらやらない方がマシ、と常日頃から言っている彼だから、自分と対等に話が出来なくなっていく私を許せなかったのかもしれない。

口論が増え、同じ車に乗っていても話さない時間が増え、制作中の会話が減った。喧嘩をすることよりも無言でいることのほうが辛くて、今まで過ごしたどんなに退屈な時間よりも長く感じた。

深瀬くんから「サオリちゃん、もう解散しよう」と面と向かって言われたのは、暑い夏の夜。遂にこの日が来てしまったと思いながら、自分がSEKAI NO OWARIのSaoriでなくなることについて考えた。

「分かった」

言葉にしたらすぐに激しい悲しみと恐怖がこみ上げてくるかと思ったら、心の中は静かだった。

絶望というのは、案外静かなものなのかもしれない。海で遭難した時に、ばたばたと動き回るとただ息ができなくなってしまうだけなのと同じで、自分を失ってしまいそうな時は、海を背にひたすら深呼吸を繰り返すことしか為す術がないのだ。

私はただ分かった、とだけ言った。深瀬くんも小さく「うん」と返した。いつも話が尽きない私たちが、ただそれだけの会話しか出来なくなっていた。


しかしである。これだけ話しておきながら、私たちは前述の通り全国ツアーの真っ最中だ。

「解散しよう」「分かった」にしても、今日明日で出来ることではなく、数カ月先までライブや取材、ラジオやテレビとスケジュールは真っ黒なのである。

ライブがあればステージに上がる。ステージに上がれば当然深瀬くんとも目を合わせて演奏するし、演奏が上手くいけばお客さんは拍手をくれて、それがいつもより長い拍手だったりすると感動して目頭があつくなる。最前列で泣きながら拍手を送ってくれるお客さんを見ると、「本当に手放していいのか」と、一層胸が苦しくなる。

テレビで演奏すれば笑い合うし、一緒に取材も受けるし、ラジオ局にも行く。ラジオでは無言でいると放送事故になるので、どんなに空気が悪くても番組が始まれば何事もなかったかのように話をする。

「俺、中学生の頃、制服に軍手つけてるのがオシャレだと思ってた」

「みんなつけてた時期あったよね」

「あれもそろそろ、またくるかもよ？」

「え～軍手トレンド、また回ってくるかなあ？」

「不思議なことに、あの頃はバーバリーのマフラーして軍手してる奴が、イケてたんだよなあ」

まさか解散危機に直面しているバンドの会話だとは誰も思うまい。私たちは「解散」という言葉をいつもどこかで意識しながらも、かといって誰かがそれを強行突破することはなく、サイコロを振らずにすごろくを1マスずつ進めていくような日々を送っていた。

そうこうしているうちに、スタッフは10周年の記念に出そうとしているベスト盤やドームツアーのミーティングを組み、大々的にやりましょうと息巻いた。CDに付属される特典を何にするのか、どんな装丁にするのか、ライブのセットはどんなものでストーリーは何にするのか……決めなくてはいけないことはたくさんある。

「10年間、この世界で走り抜けるというのは本当に素晴らしいことです！　絶対大きなお祭りにしましょう！」

スタッフからそんな力強い言葉を貰いながら、ベスト盤に付属する図鑑をチェックしたり、ライブの映像の脚本を書いたりしているうちに、私はふと気づいた。

これはもしかすると解散しないんじゃないか。

阿呆だろうと思われるかもしれないが、自分でも不思議な成り行きだった。

解散しようにも、やりたい仕事が目の前にたくさんあったのだ。たくさんの人に助けられて、たくさんの人に応援してもらっていることを目の当たりにした。その途中でこんなに大切なものを手放せないと思い直して、とにかく必死に日々を繋ぐことだけに専念した。

気づいた時には２０２０年2月10日、デビュー10周年の日を迎えていた。

私たちは次第に一緒にお酒を飲むようになったし、以前のように話もするようになっている。その間、解散について話した訳でもなければ、仲直りをした訳でもない。どうしてあんなに喧嘩になってしまったのか原因を話し合ってもいないし、言わば何の解決もしていない。

でも、ある日仕事を終えてビールを開けた深瀬くんが、

「俺たちはさ、解散しないね」

と笑った。

どんなに酔っていても思っていないことは言わないと豪語している深瀬くんのことだから、本心なのだと思えた。

一緒に飲んだお酒は、美味しかった。

数え切れないほど喧嘩をして言い合ってきた私たちだけど、本当に伝えたいことは言葉にならないのかもしれない。

詩を書き、文章を書くことを生業《なりわい》にしている私たちが「本当に伝えたいことは言葉にならない」なんて思ってしまうと元も子もないけれど、「ごめんね」「いいよ」では済まなくなってしまう大人の世界では、多くを語らずに乾杯するということが、どんな言葉よりも意味を持つことがあるのだ。

雑草のライン

コロナで仕事が飛んだので、普段は放っておいている家の庭の雑草を抜いた。

雑草は毎年春になるとどこからともなく生え始め、花を咲かせたり実をつけたりしている。中には素朴で可愛らしいものもあるし、水もあげていないのに大した生命力だと感動も覚えるけれど、あまり生えっぱなしも見栄えが悪いので、時間のある時に抜くことにしている。

座りながら土仕事をしていると、2歳の息子が、

「○○もやるー！」

と手伝い始めた。

近頃息子は大人がやっていることを何でもやりたがる。火や刃物を使っている時でさえ、後ろから「やるーやるー！」と泣かれるので大変な時期ではあるけれど、雑草抜きくらい

なら問題ないだろうと小さなゴミ袋を渡してみた。

「じゃあこの葉っぱをとってね」

指定したのはカラスノエンドウ。小さな豆がついていて紫色の花が咲くのは可愛いけれど、いかんせんどんどん増える。私が硬い根を張っている雑草をスコップで掘り返している間、息子は言われた通り黄緑色の豆を鞘《さや》から取り出したり、花を千切ったりしていた。

「まめ、あるねー！」

「本当だ、ちっちゃな豆だね」

「はな、あるねー！」

「わあ、綺麗だね」

暫《しばら》くの間は摘んだ花や豆を私に見せていたけれど、次第にカラスノエンドウに飽きてきたのか、息子はローズマリーの葉を千切り始めた。ローズマリーは私がお酒に漬けたり、夫が料理に使ったりしながら、大切に育てているものだ。

「これは取っちゃダメだよ」

そう言ってから、ハッとした。

どうしてカラスノエンドウは良くて、ローズマリーはだめなのか。息子に説明しようとして言葉に詰まる。それは１００パーセント私の主観でしかないからだ。私が大切に思うか大切に思わないか、美しいと思うか美しいと思わないか。

息子にとっては、雑草も私が大切に育てている木もまだ同じ植物だという認識だけれど、そんな風に平等に物事を捉えられる時間は人生のうちでも少ない。いずれ感じ方によって同じ生き物でも優劣がつけられていることに気づく時はくるのに、今私の考えを一方的に押し付けていいのだろうか。私は、

「あ、ほら！　アリさんが３匹もいるよ〜！」

と息子の気をそらし、とりあえずローズマリーの葉が摘まれるのを防いだ。

息子と一緒にいると、しょっちゅうそんなことで悩む。

ふとした瞬間に息子が公園に咲いたチューリップの花を摘んでしまった時、

「そんなことしたらチューリップさん痛いよ。優しくしようね」

と言いながら、

（いつか家で抜いたカラスノエンドウさんは痛くないの？　と聞かれたら何て答えたら良いんだろう……）

と悩んだ。

「綺麗な花は摘んじゃ駄目だけど、あんまり綺麗じゃない花とそのへんに幾らでも生えてる花は摘んでも良いよ。あ、隣の家に生えてる花は手入れも行き届いてなくて綺麗じゃな

いけど、あの花は隣の家の人の花だから手折《たお》っては駄目なのよ」

なんて、説明する訳にもいかない。

書いてみると冷酷非道な気もするけれど、私は実際そういう基準で花を摘んだり抜いたり、育てたりしていることに気づいた。

例えば虫でも同じことが言える。私は家にゴキブリが出たら徹底的に排除するけれど、息子が森でカブトムシをバラバラにしていたら注意するだろう。でも、どうしてゴキブリは殺していいのにカブトムシを痛めつけてはいけないのか説明するのは難しい。

「あんな黒くて光ってる生き物、気持ち悪い！」

とでも言えば良いだろうか。カブトムシも黒くて光っているのに。

「だって速いのが怖いもの！」

では、めちゃくちゃ遅いゴキブリが家にいたらどうするのか。関係ない。

「ゴミにたかるし、不衛生なのよ！」

カブトムシにもダニが寄生していることがある。

「とにかく気持ち悪いから殺すの！」

と正直な気持ちを言葉にしてしまうと、極悪人のような気がしてきて子供に伝えるには居心地が悪い。それに『気持ち悪いものは殺していい』という感覚をそのまま全ての生物に置き換えてしまったら、とんでもないことになってしまう。

しかしだからと言って、

「虫の場合は気持ち悪ければ殺していいわ。蚊とか、アブラムシとかの害虫も、害って言うくらいだから殺していいと思う。でも、蝶やてんとう虫は殺さないでね、綺麗な昆虫が殺されるのは可哀想で見ていられないの。あ、犬や猫は絶対に殺しちゃ駄目だからね。それは誰かが飼ってるとか飼ってないとか関係なく、あんなかわいい生き物が殺されて苦しむところなんて誰も見たくないでしょう？　でも、例えば同じ生き物でも誰かに飼われてるハムスターは殺しちゃ駄目だけど、渋谷のレストラン街にたくさんいるネズミは、よくレストランの人に罠を張って殺されてるから……捕まえて殺すのはちょっと道徳的じゃないけど、不衛生で困るなら仕方ないと言えるわよね」

とは言いにくい。

悩んだところで息子が近所の家の庭に咲く向日葵《ひまわり》を折れば注意しなくてはいけないし、雑草を抜かずにいつまでも放っておく訳にもいかない。ゴキブリが家の中で増えたら……なんて今考えただけで背筋が痒《かゆ》くて気持ち悪いし、やっぱりカブトムシを見つけたら、

「わあ！　カブトムシさんいるね！」

と目を輝かせて息子に教えるだろう。

結局考えたところで何も変わらないし、変えることは出来ない。息子に対してどう説明していいのかだって、いまだに正解は出ていない。

でも、子供に「なぜ」「どうして」を話す過程で、自分がどうしてカラスノエンドウを抜いてローズマリーを残すのか、ゴキブリを殺してカブトムシを生かすのか、立ち止まって考えてみる機会が出来た。

そんなことは分かっていたはずだったのに、いざ考え直してみると、自分という人間が以前より少し見えてくるのが興味深い。

子供に説明しようとすると、総じて良い人間になろうとする圧力がかかる。命の重さを教えれば無駄な殺生は出来なくなり、食べ物の大切さを教えれば無駄に廃棄が出来なくなる。

そこで生じるどうしても矛盾してしまう点を、どうやって折り合いをつけて生きていくのか。それを考えることに、今とても興味があるのだ。

雑草を抜きながら母がそんなことを考えてたと知ったら、大きくなった息子はどう思うのだろう。面倒くさい母だと笑うだろうか。

悩めるマリオ

「今年はインディーズデビュー10周年だけど、来年はメジャーデビュー10周年だから、もう10周年は来年にしない？」

深瀬くんがそう提案したのは、新型コロナウィルスの蔓延《まんえん》がこんなに長く続くとは想像していなかった2020年の春。

私たちのバンドSEKAI NO OWARIは、10周年に関する様々なイベントを延期することを発表した。

「まあ、どっちも10周年だしね」

「そもそも『良い会場がとれた時期に10周年って言い張ろう』って言ってたしね」

「人が集まるイベントが多いから、延期するしかないよね」

延期はメンバーで話し合って決めた。

既に中止を発表していたドームツアーを含め、展示会やイベントを色々企画していたので、それら全てを翌年にごっそりと移動する為の延期だった。

突然スケジュールに空きが出始めた私は、近所の家に小さな花がたくさん咲いているのを見つけては、写真に納めたりしていた。

「こんな風に季節の変化を感じられるのは今だけ！」と、束の間の休みを楽しむ。

なにせ、バンドでデビューしてからの10年は本当に忙しかった。特に『RPG』という曲が出た辺りからは、ところどころ記憶がないくらい。音楽制作や国内、海外のライブに加えてテレビやラジオのプロモーションが重なっていて、スケジュール帳は細かい字で埋め尽くされていた。

でも、朝から晩まで念願の仕事が出来ているはずなのに、私はいつも何かに怯えていた。

あまり弱気なことを言わないようにしようと思っていたから、取材で「何に怯えているのか」ということについて語ることはあまりなかったけれど、あの頃、私はバンドが成長していくスピードについていけていなかったのだと思う。

コンビニに入れば自分たちの曲が流れ、街を歩けば小さな子供に「セカオワの人だ！」

と言われる。遠い親戚から連絡がくるようになり、あまり話したことがない中学時代の同級生からさえ「テレビ見たよ」と言われる。

数年前には考えられない目覚ましい成長なのに、私は手放しで浮かれられなかった。

それどころか「で、成功の何割をあなたが担ったと思いますか?」という、誰にも聞かれたことのないシビアな質問が自分の頭の中にループしてしまう。

メンバーは4人だから、「4分の1です」と答えられただろうか。

いや、絶対にもっと少ない。そう思っていた。

それでも何とか4分の1になりたい、と思うのは、既にそれだけの歓声を浴びてしまったと思ったからだ。

4分の1じゃないのに、4分の1のような顔をしてステージに立っている自分が恥ずかしくて、ひたすら走り続けるしかなかった。

私はまるでスターを取ったことによって、走る他に何も出来ないマリオだった。

周りを見る余裕がなくて、綺麗な景色も宝箱も無視して、とにかく体当たりで敵を倒すことしかしないマリオ。

あれは私。そう思うと、あまりの不器用っぷりに今や愛しさすら込み上げてくる。

この10年はそんな風に過ぎていった。

全然クールじゃなくて、ほんとに暑苦しくて、恥ずかしい発言もいっぱい残っている。デビューした10年前は今ほどネット社会ではなかったので、何年も前の映像がYouTubeやツイッターで繰り返し見られるというイメージが出来ていなかった、という言い訳だけは書いておきたい。


近所の家でいっせいに咲いた黄色く小さな花は、モッコウバラという名前だった。辺りを見回してみると、そこかしこに咲いている（なんと、自宅の庭にさえ小さい木があった）。

10年住んでいるエリアなのに、自粛要請が出てから初めて花の存在に気がつくなんて、よっぽど周りを見ずに生きていたのだろう。

花だけでなく、今スターを取った時のあの音楽が止まって、見えてきたものがたくさんある。

毎年ツアーに行っていたけれど、お客さんの大歓声を聞きたくて頑張っていたんだと気づいたこと。

当たり前に会えた人たちが、自分に生きがいをくれていたこと。

言い尽くせないほど、応援してくれた人たちに感謝していること。

進んでいけば敵に遭遇することは勿論あるけれど、スターがなくても、ふんづけたり炎を出して敵を倒せることも、もう今では知っている。

2年がかりの10周年はまだ始まったばかりだ。

性懲《しょうこ》りもなく「4分の1になる!」とか言いながら、自分らしくねじねじと悩みながら、地道に1面ずつクリアしていきたい。歩みは遅いかもしれないけれど、時々周りの景色を見渡すことも忘れずに。

大人の理解者

イマジナリーフレンドが欲しい、と思うことがある。

イマジナリーフレンドというのは空想の友人という意味だが、当人はそれを空想と自覚していない。たまに小説や漫画の題材になっていたり、私の心のベスト5に入るピクサーの映画『インサイド・ヘッド』にも登場する。

多くは子供の心の成長を支える仲間として機能する存在らしく、殆どの場合は幼少期に自然といなくなると言われている。

私はどの視点から見ても子供とは言えない年齢になってしまったけれど、大人だって心は不安定になるし、成長も続けている。落ち込んでいたら励まして欲しいし、上手く出来たら褒めて欲しい。

でも同時に、大人になると誰かに「こんな言葉を言って欲しい」と期待することに疲れてもくる。

私は新しい服を着ているのに「いいね」とか「どこで買ったの？」と言われないだけで、「似合ってないんだ」「やっぱやめればよかった」「もしかして笑われてる？」と思うような卑屈で自信のないところがあるので、誰かに何も言われないだけですごく疲れている、ということが度々起きてしまう。

元々ポジティブに物事を考えられるタイプではなかったけれど、新型コロナウィルスによって人との会話が減った２０２０年は特に「こんな言葉を言って欲しい」と思う自分に辟易《へきえき》した年になった。

という訳で、私がくよくよする度にイマジナリーフレンドが「いいね」とか「似合ってるよ」という言葉をかけてくれるのなら、是非友達になりたいと思っている。

ただ、幾ら友達になりたくてもバーで飲んでいたら隣に座った人がたまたまイマジナリーフレンドでした、という出会いは絶対にあり得ないので、最近はイマジナリーフレンドがいる生活を想像してみている。

つまりは「言って欲しいことを言ってくれそうな人」を意識的にイメージするのだけれ

ど、どうしてなのか、ぱっと頭に浮かべてみたイマジナリーフレンド第一号はギャルの女子高生だった。天真爛漫で明るくてお洒落が好きな女の子、という自分とは真逆の人物像に憧れがあったのかもしれない。

例えば作品が全く完成せず「私って本当に仕事が遅くて……」と凹《へこ》んでいると、「遅いって誰と比べてるの？　誰かと比べると、どんな成功をしたって不幸になるんだから、いい加減やめなよっていつも言ってんじゃん〜。っていうか、まず自分の能力に期待しすぎなんじゃないのぉ？　頑張ってるんだから、そんなの気にしなくていいじゃん！」

と彼女が笑い飛ばしてくれる、とか。

同じようなことを諭してくれる友人は探せば見つかるかもしれないけれど、落ち込む度に電話をかけて、

「ねえねえ、あの言葉を言ってくれない？」

とせがむのは流石に気が引けるし、毎度情けない自分を見せるのも恥ずかしい。そんなことが二、三回続けばすぐに気味悪がられる気もする。

だから女子高生に、望み通りの言葉を言って貰う。例えば、

「人生って、100か0しかないと思ってたら辛すぎない？　もっと60とか70の日があっても良いって思いながら生きたらいいのに〜！」

とか。

鏡の前でつけまつげをつけながら話している彼女は、仕事で右往左往する私を尊敬してくれる一方で、明るく必要なことを伝えてくれる人、という設定になっている。


これが実際の生活になると「じゃあもっと頑張らなきゃね」と言われてプレッシャーを感じたり、「サオリちゃんって思ってたよりも要領悪いんだね」と言われて傷ついたり、「まあみんな大変だよね」と返されて話したことを後悔したりする。

落ち込んでいる時は特にネガティブな受け取り方をしがちなので、相談したことによってより落ち込むことも少なくない。

でも、本当に欲しいのは、なかなか変われない私に同じことを言い続けてくれる根気なのだ。答えの分かっている問題に飽きずに答えて欲しいし、同じ問題だと分かっていても呆れないで欲しい。

そんな忍耐力テストのような関係性は、普通なら「しつこい」「学習して欲しい」「いい加減鬱陶《うっとう》しい」となってしまうけれど、なかなか変われない自分に付き合ってくれるスーパーフレンド、そんなイマジナリーフレンドがいたって良いのではないだろうか。

大人になると、身近な誰かに全力でもたれかかることが出来なくなってくる。守りたいものばかりが増えて、そして、自分に手が回らなくなる。

でも、本当は大人だって誰かに心の成長を支えて欲しいのだ。

優しさの材料

テレビ収録の為にバンドメンバーが集まっていた控室で「筋トレを始めようと思います！」と宣言したら、漫画を読んでいたラブさんが「ふうん」と相槌《あいづち》をうち、パソコンを開いていたなかじんが「へえ」と言いながら目を細めた。

メイク中だった深瀬くんには「そういう小さな目標をいちいち人に言う奴は、だいたい続かない」とまで言われた。

彼の言い方は、

「『RPG』のような曲を提供してくれないか」

とスタッフから提案された際に、

「過去の成功体験に縋《すが》るような音楽だけは絶対にやりたくないです」と言い切った時と同じくらい、きっぱりとした言い方だった。

腹が立ったけれど、確かに私は運動を続けたことがない。学生の頃に運動部に入ったこともないし（子供の頃からピアノをやっていたので、部活をやったこともない）、バンドを始めた頃に自発的に始めたジムや水泳も、週一が2週に一度になり、あっという間に月一になり、いつの間にか始めたことすら忘れているという始末だった。

うだうだしている間に払ったかなりの月会費と、酔っ払って書いたツイッターの文面だけは思い出すまい、と記憶に固く蓋をする。

同時に、自分が「運動を続けられない人」だということにすら、蓋をしてしまったようだった。

小学校卒業以来何一つ運動を続けたことがなかったのに、自分では何となく運動しているような気でいたのだ。

何故かというと、私は子供の頃、運動神経が良かった。

小学校の頃は特に何の努力をせずともリレーの選手だったし、水泳ではいつもクラスで1、2位を争う実力の持ち主。二重跳びを飛び続ける持久レースで、好きな男の子と学年1位を争ったことだってある。

「藤崎には負けない」と言い放った男の子を打ち負かせば、私の初恋は実るのではないかと勘違いしていたくらい、私にはスポ根少女の一面があったのだ（中学生になってからこの男の子に告白したけれど、結局恋が実ることはなかった）。

でもそれももう20年以上前の話。それなのに、「自分はやれば出来るから大丈夫」と思い続けてしまっていたらしい。

自分のことをネガティブで自己肯定感が低く、自信のないやつだと思っていたけれど、何の努力もしていないもので謎の自信を持ち続けていたことが判明した。

つくづく自分は自分のことを分かっていない。

それでも性懲りも無く運動をやろうと思うのは、実は人に優しくなりたかったから。

運動と何の関係があるの？　と思われるかもしれないが、最近〝優しさは運動したことによって得られる、体力のようなもので出来ているのではないか〟と思っている。

特に30代になってからは、体力がない時に人に優しくするのが難しくなってきた。優しさ＝体力の図式を痛感した場面がいくつもある。

例えば、帰宅してすぐに、料理をしている人に「あ、醤油がない」と言われたら？

面倒くさがらずに笑顔で「私がコンビニで買ってくるよ」と言えるだろうか。

仕事終わりに「話を聞いてほしい」と友達に言われたら？

ものすごく仕事が忙しい時に夫の具合が悪そうだったら？

深夜にメンバーの一人がスランプに陥って、落ち込んでいたら？


自分が疲れてへとへとになっていたら、結局誰にも手を差し伸べられないんだなあ、と思う場面にここ数年でたくさん遭遇した。

20代の頃なら夜遅くまで起きていても昼まで寝ることが出来たし、自分の為だけに時間を使うことも出来たけれど、仕事に子育てというタスクが重なった今、気持ちだけではどうにもならない問題がたくさんある。

だからこそ、体力をつける為に筋トレを始めたいと思ったのだ。


と、またこんなに堂々と偉そうなことを書いてしまうと、続けられなかった時が怖い。

一応言っておくと、私は大してやりもしないのに、もっともらしいことを言うのも得意なのだ。

もし続けられなくても「それじゃ仕方ないね」「サオリちゃんはよくやったよ」とみんなに言わせてしまうようなことを考える、ちょっとずるいところもある。

でも、ある意味では私の性格を私よりも分かっているメンバーたちは、どんな言い訳を用意しようと「ほら、やっぱり」という顔をするだろう。

特に深瀬くんの、勝ち誇ったようなニタニタ顔。

想像すると、闘志が燃えてくる。絶対負けたくない。

筋トレでちゃんと優しくなれた暁《あかつき》には、「優しさの材料は筋肉だった」とか「筋肉をつけて人生を変えた」とかいうタイトルのエッセイを書いてみたいという夢も、既にある。ちゃんと説得力のある自分になれたら、それはとても格好良い。

『セカオワSaori、筋肉と優しさの関係を語る。Tarzan初登場!』みたいな。

メンバーが雑誌のまわりを囲んで、「サオリちゃん、Tarzanに出るなんて大したもんだ! カッケー!」みたいな。

そんな期待を膨らませながら、醤油を買いにコンビニに走るのだった。

笑う担当編集者

新曲の締め切りに追いかけられながらエッセイの原稿を編集者に送ったら、

「題材自体は面白いのだけど、正直、今回はちょっと流して書いてしまっているかなと思いました笑」

というメールが返ってきて、思わず二度見した。

担当編集者は、私の書いた文章に対して時々辛口の意見も言ってくれる。だから内容自体は通常通りなのだけれど、気になったのは文末についている「笑」の部分。こんなにもの言いたげな「笑」のつけ方があるだろうか。まるで、

「題材一点突破の原稿で、構成を大して考えてないのが丸分かりですね。芸能人だからって、何を書いても喜ばれるとでも思ってます？」

と言いたいのが透けて見えるようだと思った。担当編集者の引きつった笑顔と表情のな

い魚のような目、頭についている漫画みたいな怒りマークが容易に想像出来た。

彼は作家としての私の人生に併走してくれている人で、デビュー小説『ふたご』と、読書にまつわるエッセイ集『読書間奏文』を一緒に作ってくれた。彼の仕事と直接関係のない、依頼された掌編やコラムなどにも毎回意見をくれている。

メールの受信フォルダには千件近いやりとりが残っているし、何度も一緒にご飯を食べたし、旅行にも行ったし、私の家族やバンドメンバーとも仲良しだ。

数千匹程のめだかたちと一緒に暮らしていて（やっぱり編集者なんて仕事についてる人は変わっているんだと思われるかもしれないけれど、そんな人は彼しかいない）、ことあるごとに魚の話をしている彼に分けて貰ったためだかを、我が家で大切に育ててもいる。

そんな公私共に仲の良い関係だけれど、その間に彼が「怒っているな」と思ったことはない。厳しい意見だなと思うことはあっても、それはいつもとても丁寧で、怒っていたことはない。それなのに、文章の中では見たこともない様子で怒っているように見えた。ちょっとキレさせてしまったのだろうか、と心配になった程だ。ただ「笑」一つついているだけで。

もし「笑」の無い、

「題材自体は面白いのだけど、正直、今回はちょっと流して書いてしまっているかなと思いました」

だったらどうだろうか。

綺麗に洗濯された襟付きのシャツを着て、伏し目がちに、でも真摯《しんし》に情熱を持って書き直しを提案している感じがする。

考えすぎだろうか？

でも、「笑」という文字は、たった一文字の中に多くの情報量を含んでいると思っている。

「目を見ながら髪の毛が綺麗だねって言われて、ドキッとしちゃった。笑」

だったら照れ笑いだし、

「遠回しに好意を伝えたら、彼女を作る気ないってはっきり言われちゃったんだ。笑」

だったら苦笑いだし、

「散々飲んでお会計ってなったら『金ない』って当たり前のように言われたんだけど、何なのあれ？　女は全員自分と呑みたいと思ってるって、勘違いしてるよね。笑」

だったら、嘲笑になる。

「何であんな人好きになって、あんなに傷ついてたんだろうって今では思うよ。笑」

そう言えば、乾いた笑いも表現できる。

（人生のうちで一度や二度位は、こういうタイプの男の子に振り回される経験が誰しもあるような気がします。ええ、かく言う私も……）


でも、「笑」はよりリアルに自分の状況を伝えることが出来る分、使う時はよく注意して使わなくてはいけない。

編集者がつけた意味深な「笑」には、今回に限って私が彼の編集者となり、

「笑うことが必要な場面以外では、笑をつけて文章を誤魔化すのはやめましょう。伝えたいことがぼやけてしまいます」

と赤の色鉛筆で書き込んでやりたい。

数年間、彼の赤字に悩まされたり舞い上がったりしてきたので、愛情とサディスティックな気持ち両方を込めて。

結局パソコンのウィンドウを新曲の歌詞と交互に立ち上げながら、夜までかかって修正

したエッセイを編集者へのメールに添付した。

文末には毎回思っていることや考えていることを綴っているので、

「去年のこの時期は誕生日会でかなり酔っ払ってましたよね。話そうよって言われて隣に座ったのに、ニコニコしてるだけでしたね笑」

と、そこまで書いてから、

「そう、『笑』って、こういう風に使うんですよ」

と最後に付け加えておいた。

数千匹のめだかと一緒に、にやりと笑ってくれる彼の顔が目に浮かんだ。

Ｔ字の正体

「すぐに第二子を考えていないなら、ＩＵＳを着けてみますか？」

そんなことを産婦人科医に聞かれたのは、産後2カ月経って生理が再開した頃。丁度全国ツアーのリハーサルが始まり、母乳をあげられないので完全ミルク育児に切り替えたタイミングでもあった。

「ＩＵＳって何ですか？」

最近アルファベットの頭文字を取った略称をよく聞くので、何かとごっちゃになりそうだなと思っていたら、産婦人科医はそれが避妊リングと呼ばれるもので、子宮内に装着するタイプの避妊器具であることを教えてくれた。

リングというと輪っかを想像するけれど、見せて貰った物はグーの中に収まる位小さなＴ字をしていて、そこから短い糸が垂れていた。

「これを着けると、どうなるんですか？」

「避妊に関しては、着けているだけでピルと同じような効果がありますね。ＩＵＳには黄体ホルモンという女性ホルモンが付加されてるので、生理痛も緩和するし、経血もかなり減る。全員ではないですが、生理が全くこなくなる人もいます」

「えっ、生理がこなくても大丈夫なんですか？」

「大丈夫ですよ。それに、妊娠したくなったら病院に来て貰えたら外せます。生理はすぐに戻りますよ」

「どの位の期間、着けていて良いものなんですか？」

「いつ外しても良いですけど、最大5年です」

私は驚いて言葉が出なかった。女性の中で、生理がくると気分が良いとか、体調が良くなるという人はいない。子供を宿す為になくてはならない神秘的なシステムだということを別にすれば、日常では誰しも生理を煩《わずら》わしく思っているし、ない方が良い。健康に支障なく5年間も生理の負担が軽減されるなら、それは願ってもないことだ。

「凄く興味があるんですが、それは次回予約したら出来るようなものですか？　手術とかするんですか？」

「生理がきたばかりでしたら、5分あれば今出来ますよ。費用も保険適用で1万円ほどです」

面食らった。たった5分で、しかもたったの1万円で、5年間も避妊出来る上に、生理痛が緩和して出血量を抑えられる。そんな夢みたいな選択があるなんて、それまで一度も聞いたことがなかった。

生理には少なくとも15年以上悩まされてきた。

中学生の頃は知識と経験不足から、服やベッドを何度も経血で汚した。高校生になると不眠症が酷くなり、それに伴って生理痛も酷くなっていった。あまりに酷い生理痛がきた時はまともに歩くことも出来ず、高校のすぐ目の前にあった病院で座薬を入れて貰ってから授業を受けたことも一度や二度じゃない。

仕事を始めて全国を飛び回っている時に生理になり、

「近くのコンビニに行きたいです」

と言ってスタッフに分からないようにこそこそとナプキンを買いに行ったことや、ステージの上で白いドレスを着ている時に「経血がついてしまわないか」と気にしながらピアノを弾いたことがどれだけあっただろうか。

思い出すだけでも、数えきれない程のエピソードが浮かんでくる。どの女性に聞いても

「生理で大変だった話」は山ほど出てくるだろう。

こんな思いをしている女性がたくさんいるのにもかかわらず、日本では自分のホルモンバランスや身体の仕組みをコントロールする、という性教育が全く行われていない。

例えば、ピルという薬がある。それは生理不順や月経過多の改善、月経前の不快症状であるＰＭＳ（月経前症候群）やＰＭＤＤ（月経前不快気分障害）、肌荒れの改善や生理痛の緩和、そして避妊にも効果のある薬だ。

本来様々な症状に対して効果がある薬なのに、私が高校生の頃、ピルは「どうしても避妊具なしで性行為をしたい人が使うもの」だと生徒たちから思われていた。ピルの使用はすなわちビッチを意味していて、高校生が使うなんてとんでもない、という誤解がほとんどの生徒にあった。

誰からも教わっていないのだから、噂や偏見で誤解が生まれてしまうのも仕方がないだろう。そもそも自分の身体を望まない妊娠から守るのだって必要なことだ。

大人になってようやくピルを使い始めてから、私はその快適さに、

「もっと早く知りたかった」

と何度も思った。

でも、今でも普及率は低く、特に若い世代はネットが普及した現在でも同じ問題で苦しんでいるのではないかと思っている。

私は産婦人科医に教えてもらうまで、ＩＵＳの存在すら知らなかったことを悲しく思う。自分が装着してから何人かに話をしたけれど、知っている人に一人も出会わなかった。

いつも自分の身体に悩まされてきたにもかかわらず、私たちはそれをコントロールする術を知らないし、知らされていない。

長い歴史の中でずっと、女性たちはただひたすら痛みに耐え、望まない妊娠をしてしまうリスクを抱えてきた。

日本家族計画協会によると、２０１６年時点でこういった子宮内避妊具で避妊しているのは、日本ではわずか０・４％だそうだ。

不正出血や自然脱落には注意をしなければならないし、ＰＭＳやＰＭＤＤの症状には効果がない。ピルと同じように、性感染症を予防することも出来ない。使用可能期間の長さから、経産婦にのみ勧めているという病院もあるらしい。

私の場合は、ＩＵＳを装着してから生理時の痛みや不安から解放され、格段に仕事がしやすくなった。数カ月に一度ほんの少し出血することはあるけれど、今のところ大きな問題は起きていない。このまま第二子を望まなければ、5年経過したらまた延長したいと思っている。

使用するかしないかはさておき、本来私たちは選択肢があることを知るべきで、知らされるべきだと思う。

最近は男女平等について議論になることが多くなってきたけれど、日本の性教育が遅れていることは世界的にも問題視されている程だ。

自分の身体は自分で守る。

そんな当たり前の選択肢すら持てていない現状に、違和感を覚えている。

アーリーバードマン

2020年の12月にSEKAI NO OWARIがリリースした『silent』という楽曲は、雪の世界の中で『貴方』を思うクリスマスソングだ。

主人公は真っ白な雪を見て、こんなに静かだと閉じ込めていた気持ちが聴こえてしまうのではないか、と想像する。溶けてしまった雪の結晶を見ても、自分の触れることの出来ない世界にいる貴方を連想してしまう。そんな片思いのクリスマスを描いた作品になっている。

作っていたのは夏の暑い時期。丁度、新型コロナウィルスの第二波が到来し、子供の頃から通っていた野外プールは水が抜かれ、じりじりと底が焼かれているのを見ていた頃だった。

タイアップであるドラマ側からは、冬のラブソングを作って欲しい、と言われた。しかも、斜めからや穿《うが》った角度からではなく、真っ直ぐ正統派で勝負して欲しい、という注釈付きだった。

ただでさえ暑い時期に冬の歌を書くのは難しいのに、正統派というのはアーティストにとって何よりも難しい要望だ。一歩間違えれば、誰でも書けそうな言葉の寄せ集めになってしまう。

そんな難題を受けて深瀬くんが提案したのは、コンペ形式で作ってみようか？　ということだった。

コンペ形式というのは、私となかじんと深瀬くんの3人でそれぞれ作詞作曲の両方をやってみて、最終的に良く出来たものを採用しようという方法だ（ラブさんは10年前に作詞作曲をやってみたら部屋に引きこもったまま音信不通になってしまったので、そこから挑戦するのをやめた）。

このやり方は、バンドとしてはかなり珍しい。

通常バンドでは、メンバーの中の一人がほぼ全ての作詞作曲を行っていることが多いので、インタビューでも、

「バンド内コンペなんてして、喧嘩になったりしないんですか？」

と何度も聞かれた程だ。

確かに、温和な性格のなかじんは措《お》いておいても、思ったことをすぐに言葉にするタイプの私と深瀬くんなら、「俺の歌詞の方が良い」「いや、私の方が良い」とか、「俺はお前の曲が良いと思わない」「私も最近の貴方の曲に魅力を感じてないわ」なんて水かけ論にもなりかねない。

でも、実際は口論になることはなく、詞曲が出揃ってしまえば「これしかない」というのは分かるもので、メンバーそれぞれがフラットに作品を選び、毎回冷静に勝者を称《たた》えている。

ただ、選ばれなかった時に落ち込まないかというのは別の話だ。

今回は、採用される1曲の為に、私は2曲の作曲と、3曲の作詞をしていた。

髪をばっさりと切ってむき出しになった首の後ろを太陽に焼かれながら、冬のラブソングについて考え続ける。

イルミネーションが光るクリスマスの写真を穴があく程観察したり、恋人たちがTシャツで歩く後ろ姿をじっとりと眺めたりしながら、ああでもないこうでもないと毎日パソコンに向かって言葉を紡ぎ続けた。

けれど最終的に選ばれたのは、深瀬くんの作詞と、なかじんと深瀬くんが作曲したものの合作案だった。

勿論それぞれが作ったものを並べたときに、彼らの『silent』は私の作ったものより素晴らしいと納得出来た。私の書いたものは結局「穿った角度」からの楽曲で、誰でも書けるようなものを避けるあまり、正統派から逸れたものになってしまっていたのだ。

私もこの曲のアレンジには参加しているし、この難題をバンドみんなで乗り切ることが出来て心からホッとしている。

でも、レコーディングを終えた日の夜、一人で缶ビールを開けながら、ふと、

「自分はこの大変な期間に、子供を他人に預けまでして何も残せなかったのか」

という考えが浮かんだ。

その瞬間に、バチンと感情のブレーカーが落ちてしまった。

冷蔵庫の扉を開けっぱなしにしたまま、「自分はベストを尽くしたはずだ」と考えようとしても、ぼろぼろと涙が溢れて止まらなくなった。

追い討ちをかけるように、「ママと一緒に遊びたいの」と言う2歳の息子をあの手この手で納得させ、保育園に連れて行った情景が脳裏に浮かんでくる。息子が泣きながらそばに居たいと訴えてきても、「ママは仕事なの」と言って手を振った朝。息子の泣き声を背に仕事へ向かった朝。

冷蔵庫を開け放した時に鳴るピーピーというエラー音を聞きながら、私は夜通し泣いて

いた。

あの日に飲んだビールは、鉄臭かった。コンペで作った『silent』には、そんな苦い思い出も混ざっている。


再びチャンスが訪れたのは、２０２１年の2月だった。『めざまし8』という朝の新情報番組のオープニングソングをオファーされ、『新しい朝』というテーマで楽曲を書いて欲しいと言われた。

今回はコンペ形式でやろうと初めから決めた訳ではなかったけれど、結果的に3人共歌詞に取り組むことになり、最終的に私のものが選ばれた。

私は『silent』制作で苦しんだ、あの日々を描こうと思った。

毎日早起きをして、今日こそ頑張ろう、今日こそ結果を残してやろうと思いながらも、なかなか思い通りにいかなかった日々。

頑張っても上手くやれない自分の不甲斐なさを嘆きながらも、どこかで期待を捨てきれず、容赦無く迫り来る朝に「何でこんなに眩しいんだろう」と目を細める、そんな世界を描いた。

『バードマン』と名付けた歌詞の後半には、こんなことを書いた。

——最悪だった昨日も　あんな酷い　想いをしたあの日も　きっと今日の　為だったんだ

と　言える準備は　いつでもしておくから　おはよう　Ｅａｒｌｙ　ｂｉｒｄ　何も寝てた

訳じゃないさ　どんな日々も　何とか繋げてきたから　きっと今　容赦もなく　始まった

今日が　こんなに愛しいんだ——

煙草の煙、あの塩味

中学生になり、ようやくクラスメイトの名前を覚え始めた頃、肩がピンと張ったままの制服を身につけて教室を見渡していた。

私は小学校で友達作りが上手くいかず、よく問題を起こし、いじめにも遭った。だから今度こそ放課後誰かの家に遊びに行ったり、休日にマクドナルドで待ち合わせるような友達を作ってやる、と野望を抱き、虎視眈々と中学デビューを狙っていたのだ。

でも、どうやらみんな部活に入っていて、部活の仲間同士で固まっているのだと気がついた。

私が通っていた中学校には原則部活入部という決まりがあって、何か特別な理由がない限り部活に入らなくてはいけない。私も部活に入りたい気持ちはあったのだけれど、小さな頃から続けていたピアノの練習と両立するのは体力的にも時間的にも難しかった。

「やりたいことがあるのなら、是非そちらを優先して下さい。ピアノ頑張って下さいね」

相談すると、先生はにこやかにそう言った。

だからまさか、部活に入っていない生徒が学年で10人程しかいないとは思っていなかったのだ。

勇気を出して席が近くなった生徒に「一緒に帰らない？」と声をかけてみても、十中八九「今日は部活があるんだ」という返事が返ってくる。

手当たり次第に教室の隅っこで漫画を描いているグループに声をかけて一緒に漫画を描いてみたり、バスケットボール部の子たちがやっているパス回しに参加させてもらったりもしてみたけれど、好きなことをやっている彼らの場所に無理やり混じったところで、すぐに自分の居場所はここじゃないのだと気付かされた。

入学当初は、学校が終われば一人家に帰ってピアノに向かうつもりだったけれど、ずっと弾きたかったはずのシューマンの『飛翔』の転調部分を何度も反復練習しながら、私は孤独な小学生だった時から何も変われていないのだという事実に打ちのめされ、その度に手が止まってしまった。

結局、工場のベルトコンベアーに弾かれた不良品が1カ所に集められるみたいに、部活に入っていない10人は放課後集まるようになった。

大体の場合、集う場所はゲームセンターかカラオケか、親が不在の誰かの家。

そこでプリクラを撮ったり、同じように部活に入っていない他校の生徒と話をしたりした。カラオケで宇多田ヒカルや浜崎あゆみの曲を歌って、マクドナルドでポテトのＬサイズを頼んでみんなで食べる。その時に初めてポテトの好みにはかりかり派としなしな派がいることを知ったし、ケチャップを別で頼めることも知った。

彼らは部活の他にやりたいことがあるというよりは、家庭環境に何らかの問題を抱えていることが多い生徒たちだった。

「最近お父さんが連れてくる女が嫌いなんだよね。私がいるのに、目の前で女出してくる感じが嫌。再婚したいって言われてるけど、勝手にすればって感じ。今更ママって呼んで欲しいとかないだろうし」

そんな話を彼らからよく聞いた。

誰かが煙草を吸い始めると、糊の利いた制服は特有のヤニ臭さを放つようになったし、夜遅くまで公園でたむろして警察に補導された日は、母は近所中を自転車で探し回り、父には生まれて初めて頬を叩かれた。

母は、彼らと一緒にいること自体を咎《とが》めなかったけれど、

「あの子らと付き合うなとは言えへん。でも、一緒にいることであんたも悪いことをしてまうんやったら、そんな関係はやめなさい」

と厳しい口調で言った。

でも私は彼らが好きで一緒に居たかったたし、母に注意されてからも時々隠れて悪いこともした。

彼らは私の知らない孤独を知っていて、いつも孤独に対抗する方法を探しているように見えた。

それは夜まで公園でたむろすることだったし、学校へ行かないことだったし、煙草を吸うことだったし、時にリストカットすることだった。彼らは自分を大切にしないことで、何とか目の前にある孤独から目を逸らそうとしているように見えた。

私は家庭に問題が起きている訳ではなかったけれど、彼らに共鳴する感情はたくさんあった。

ただ生きていくだけのことを「苦しい」と言っていいような気がしたし、普通の中学生活のレールから少し外れた所にいることを、それが自分で選んだ道だとしても、「寂しい」と言っていいような気がした。

そんな環境が心地良くて、私はピアノの練習をサボってよく彼らと放課後の時間を過ごしていた。

「藤崎はやりたいことがあるから、部活に入らないんじゃなかったのか?」

担任の先生に注意されることもあったけれど、私も彼らと何も変わらない、寂しさをコントロール出来ない10代の女の子だった。

受験の準備に入ると、音楽高校を目指す私はピアノの練習が忙しくなって、彼らに会うことは自然と減っていったけれど、今でも彼らがいた場所の微《かす》かな煙草の匂いや、ゲームセンターで食べたポテトの塩味を懐かしく思う。

渦中にいるときには問題でしかなかったあんな日々が、大人になって音になっている。

そもそも誰かに心配をかけたり、悩んだりしている日々に、音楽はよく合うのだ。

美味しいお店のお品書き

3歳年下の弟は、10年前から都内の飲食店で働いている。

最初は美味しい和食の店だと聞いて、高くても1万円くらいだろうと想像しながら、

「へー今度行ってみたいな」

と適当に合わせていた。

でも、ちゃんと調べてみると弟の働く店は所謂《いわゆる》高級料亭で、セレブリティ御用達のお店。『食べログ』で日本一に輝いたこともあり、1人分で現在発売されている漫画『ONE PIECE』（全98巻）を一気に購入するのと同じくらいの値段がするのだと分かった。しかも、飲み物代は別。

私はホームページにちょこんと書かれている値段を指差しながら弟の顔を見て、「え、本当に？」と言ってしまった。

カーテンを揺らしながら「お化けが出るよ」と言っただけで、布団の中で震えていた弟が？

漢字テストで「大人」という漢字を「ダイジン」と読んで、親族中から笑われていたあの弟が？

高級料亭、しかも半年近く予約の取れない店で、魚を捌《さば》いたり肉を焼いたり、なんと蕎麦までうっているのだと言う。

弟の働く店は、私の家族の金銭感覚ではとても行けるような値段の店ではなかったけれど、父と母が「たまには社会勉強やな～」「そやで！」と肩を叩き合い、財布の紐をゆるゆるに緩めながら、弟の雄姿を見に料亭ののれんを潜ることになった。

高級なコース料理というと、一品目の先付には何かの煮こごりやローストした肉、銀杏の添えられた海老などが出てくるイメージだったけれど、最初に運ばれてきたのは贅沢な蟹の蒸し飯のようなものだった。

一口食べて、その美味しさに、

「ずっとこんなものを食べたかった！」

そう思った。

と言うのも、少食の私はコース料理を全部食べられることは稀《まれ》。大体7割8割に差し掛かったところで何も食べられなくなってしまい、メイン料理が全く入らなくなってしまったこともある。

洋食に出てくるパンなら食べないで残しておけるけれど、コースの1品目から残すのは少し失礼に当たる気がする。

でも、メインを残してしまうくらいなら1品目を残せばよかったと後で後悔したことは何度もある。

だから、1品目から気合の入ったものを食べたいのだ。私は空腹状態で最高に美味しいものを食べられて、早くも感涙していた。

その後料理が運ばれてくる度に私たち家族は衝撃を受け、それと同じだけ弟と過ごした年月を思い出していた。

——焼いた伊勢海老、鯛とカワハギのお造り

ああ、小学生の時に『エリーゼのために』の右手のワンフレーズを教えてあげたら、しょっちゅう部屋に練習しにきてたな。

——フグの白子和え、カラスミ大根

ああ、両親が不在の夜は兄弟3人で出来たばかりのオリジン弁当に行って、よく春雨サラダを買ったな。でもそれ階段で滑って落として、三人で号泣したんだっけ。

――蕪とこのこの炊き合わせ、松茸と牛ヒレ肉のフライ

ああ、兄弟で友達の家に泊まりに行ったら、一人だけホームシックになって泣いてたな。泣き虫で甘えん坊で、いかにも末っ子という感じで。

そんな弟が。

食べたことのあるものでも、全く違うもののようだと思った。まるで自分が生まれて初めて食べ物を食べたような感動がどの料理にもある。

同時に、出す順番とタイミングが絶妙なことにも驚いた。

少し胃が疲れてきたかな、と思うとなめこ蕎麦が氷の皿に入って運ばれてくるし、そろそろ脂の乗ったものが食べたいなと思うと牛ヒレ肉に松茸がフライされたものが運ばれてくる。

普段は残してしまうことが多い私も、いつの間にか9割までほぼ完食していた。

「お食事はこれで最後です」

もうお腹いっぱいだあ、と言いながら背もたれに身体を預けていたら、最後に出てきた

のは白ご飯だった。おかずに用意されたのは、いくら、山椒じゃこ、カラスミ。普段なら一口も口をつけられずお腹をさすっているだけの時もあるのに、引き寄せられるように白米の上にいくらをのせていた。ミモザのような美しいカラスミも、優しい味で炊かれた山椒じゃこも。

お箸で一口分のご飯とおかずを口に入れると、突然学生の頃に憧れていたアーティストのライブに初めて行った光景が急に浮かんできた。

散々名曲を演奏した後の盛大なアンコールで、最高潮の瞬間に空に飛んだ銀テープを頭上で摑んで、「今日はありがとう〜!!」とステージに向かって手を振った、あの幸福な瞬間。

「生きててよかった、私明日から頑張るよ、ありがとうありがとう!」

あの鼻の奥がツンとなるような、幸福な瞬間が。

急にそうか、と腑に落ちた。

コース料理というのは、ライブのセットリストに似ているのだ。

さしずめあの蟹の蒸し飯は1曲目。

ライブで言えば、暗転した状態からスポットライトが光り、まだステージ上にいないはずのアーティストが急に現れて歌い始めるような、サプライズのある1曲目だった。ゆるく喋りながらギター一本でライブを始めるアーティストもいるけれど、私は驚きと共に始まるライブが大好きなのだ。

その気持ちが、蟹の蒸し飯で通じ合えたような気がした。ライブではどんな順番で演奏すればそれぞれの曲が生き、お客さんの気持ちを引きつけておけるのか考えるように、料亭ではいつ爽やかな蕎麦や松茸のフライを運ぶのか試行錯誤しているはずだ。

白いご飯まで食べられたのは偶然ではなく、計算し尽くされたセットリストをアンコールまで楽しんでいたからなのだろう。遠い世界だと思っていた弟の料亭が身近に感じられたのが嬉しくて、私は生まれて初めて白飯を2杯お代わりして食べた。

弟の働く店を出ると、空には都会によく似合う細い月が出ていた。

タクシーがホテルオークラに列をなし、ドアマンが忙しそうに荷物を運んでいる姿を見ながら、私は幸せな気持ちで満たされていた。

「あれが美味しかった」

「いや、私はあれに驚いたな」

「まさかあそこであんな料理が出てくるとはね」

口々に感想を言い合う家族と駅まで歩きながら、自分のライブのお客さんの帰り道もこうであったらいいな、と願った。

見えない敵

3歳になる息子は最近、空を切るように手を動かしながら「エイシャートウッ！」と言って何かと戦っている。

私に敵の姿は見えないけれど、普段は30センチ程の段差でさえ手をついて降りるような慎重な性格の彼が、この時ばかりは勇敢な戦士になっているようだ。

彼は戦いになると自分で生み出したキャラクター、「チクチクマン」に変身し、人さし指を立てて「チクチクチーク」と言いながら何者かを倒し始める。

接近戦の時は直接人さし指の針で相手を刺しに行き、遠隔戦になると鉄砲の一種である「チクバン」を指から放出する。

それでも倒せない時は手から「チクロケット」を放つ。

誰から教わったのか、いつの間にか鍛錬を続け、攻撃の仕方も進化を遂げているようだ。

息子は見えない敵と戦っている時、とても強い。諦めることはないし、恐怖に慄《おのの》くこともない。何度だって果敢に立ち向かっていく小さな背中は、日に日に頼もしくもなっている。

一方、私は見えない敵に悪戦苦闘してばかりだ。

制作していると、どこからか『才能なんかない癖に』『どうせ良い曲なんか作れないよ』と嘲笑する声が聞こえてくる。私にとって見えない敵とは、あの声の主だ。

あの声が聞こえると、手足が冷たくなり、胸が詰まって上手く息が出来なくなる。自分など頑張っても時間の無駄なのだと思い込まされ、音楽制作用のパソコンの前に座れなくなった時期もある。

ソファで読みたくもない漫画を何時間も開いたり、どうでもいいネットニュースを読んだりしながら、身体の水分が抜けて心臓や肺が硬くなっていく感覚に冷や汗をかくだけ。長年戦ってきているにもかかわらず、未だに息子のような必殺技を繰り出せずにいる。

そんなことをアスリートの友達と話していたら『自分の中の敵に名前をつける』という方法があることを教えて貰った。

ネガティブなことを考えたり、自分を傷つけるようなことを考えてしまう思考に対して名前をつけてみるという方法らしい。

プロの陸上選手である彼女は言う。

「私は試合前になると、頭の中で『おい、次の試合で勝てなかったらお前は終わりだ』ってナイフを突きつけられているような気がするんです。だからその声の主に、『殺人鬼』って名前をつけました」

彼女が言うには、自分で名付けたその『殺人鬼』というキャラクターが頭の中に現れ自らを脅してくる時は、「ま、待って、まずは何で私にナイフを突きつけているか教えて！」と話しかけてみるのだという。

自分が生み出したのだから、本当は『殺人鬼』だって試合に勝ちたいに決まっているのだけれど、あまりにも負けることを恐れてしまいそんな行動に出てしまうのだ。

話しかけることでそれが分かると、気持ちが落ち着いていくらしい。


もしも私なら、何と名付けるだろうか。

映画『ＩＴ／イット』に登場する、世界で一番怖い殺人ピエロの『ペニーワイズ』なんかどうだろう。イメージしてみると迫力はあるけれど、ちょっと怖すぎるし、話も通じない気がする。

うちのバンドのピエロである『DJ LOVE』と名付けてみたらどうだろうか。それならナイフを持ってこられても、

「あのさ、今真剣にやってるんだからふざけないでくれる？」

と言い放てそうだ。

実際にやってみると、名付け方によって百八十度印象が変わりそうだと分かる。

今までしつこく『才能なんかない癖に』と私を脅してきた声の主に名前をつけ、話をしてみる……自分の性格に合いそうな方法だと思った。

「何故そんな風にいつも私の力を奪おうとするの？」

「どうして努力しても無駄なんて言うの？」

そんなことを聞いてみたら、あの声の主は何と言うだろうか。

長年私の心に棲み続けているあの声の主を、どんな名前で呼ぶのが良いだろうか。

公園に行くと、見えない敵と戦っていると思っていた息子が突然、

「フライングカイジャーモンスターを倒すんだ！」

と言った。

ただ空を切っているだけだと思っていた彼の戦闘には、ちゃんと敵がいて、既にオリジナルの名前がつけられていたらしい。

小さな物音を耳にしたり歪《いびつ》な形をした影を目にしただけで私の足に縋《すが》り付いてくるような彼が、『フライングカイジャーモンスター』とは勇敢に戦える。

敵と戦う小さな背中を見ていたら、私もあの声の主の名前を、『フライングカイジャーモンスター』と呼んでみたくなってきた。

そんなに強くなさそうだし、威圧感もない。雑魚《ざこ》キャラっぽいその名前を呼ぶだけで、もう勝てそうな気すらしてくる。

今度パソコンの前で動けなくなってしまった時はそう呼んでみよう。きっとチクチクマンも助けに来てくれるはずだ。

やっちまった！

最近酷い倦怠感《けんたいかん》と共に起きて、「やっちまった！」と思うのが怖い。

3度の緊急事態宣言によって外で誰かと会う機会が極端に減った。バンドメンバーとスタッフで話し合い、「今は家族と仕事関係以外の人と会うのは控えよう」と決めたのは良いものの、夜になるとうずうずと飲みたくなってしまう気持ちは変わらず、自宅で一人で飲むことが増えたのだ。

誰かと飲む方がお酒の量は増えそうだが、私の場合はそうではなかった。

外で誰かと話しながら飲んでいると、「疑問に思ってることを聞いてみよう」とか、「この話はメモを取っておけば、後日何かに使えるかも」みたいなことを考えているので、後悔する程飲んでしまうことは滅多にない。

ちょっとペースが速かったなと思えば、すかさずお水を頼んだり、アルコール度数の低いものに変えるくらいの作法はこれまでお酒を飲みながら身につけてきた。
それなのに、一人で飲んでいると際限なく飲んでしまうのだ。

ある日は、夫が子供を寝かしつけながら一緒に眠ったので、夜9時から一人で飲み始めた。

最初に開けたのは、ポルトガル産の微発泡白ワイン。20代の頃にハマったポルトガルレストランで教えて貰った、『GATAO』という銘柄。

GATAOを飲んだ時に感じる軽い炭酸は、ほんの少し良いことがあって0・5ミリ位地面から浮いてしまう時の、わくわくする感じに似ている。

私はグラスに口をつけながら、CDジャケットの細かいデザインやファンクラブ用の映像の確認を行った。ミュージシャンには意外と確認作業が多く、軽いものから重いものまで日に2つから5つ位の確認案件が送られてくる。

グッズのデザインはこれでいいか。ライブで使うアニメーションのコンテに対してどう思ったか。特典映像を撮る場所はこのロケーションで良いか。PVのアイディアが監督から出てきたがどう思うか。

自分の意見をまとめてからグループラインに送信して、私はまたグラスにワインを注いだ。可愛らしい猫の絵が描いてあるボトルと、ほんの少し酸味のある上品な味が好きなのだ。

仕事が終わったので、お酒をワインからシェリーに変えた。毎回通販で6本セットで買っている、スペイン産の『TIO PEPE』というシェリー酒。

このシェリーはとてもドライで、全く甘みがない。そこがいい。誰にも媚《こ》びないその味は、都会に吹く風のような味がすると思っている。

いつもなら次の日のことを考えて炭酸で割って飲むのに、この時はそのまま飲んだ。アルコールがダイレクトに身体に浸透していくと、一気に調子が出てくるのだ。

今ならエゴサして悪口を言われていても大丈夫。

唐突にそう思った。見なくてはいけない理由などないのに、酔いがどんどん回っていく頭で、「セカオワ　さおり」とか「藤崎彩織」と打って何が書かれているのかをドキドキしながら見ていく。

スクロールしていくと、思っていたよりも悪口が書かれていなくて、むしろ私がファンクラブでしか発信していない内容の反応や、エッセイの感想、歌詞や本に対する考察などを発見することができた。

もう酔いが回ってきているので、

「ううう……この人めっちゃ分かってくれてる」

と、実際に声に出しながら泣き始める。

何故か酔うと一人で喋る癖があり、思ったことが全部口に出てしまうのだ。さも相手が目の前にいるような音量で話している自分の姿を、翌朝思い出す瞬間は本当に恐ろしい。

特に、

「こういうファンの人を大事にせーへんとあかんよな。アンチの言葉は強いから気になってまうけど、大切なことを見失ったらあかんよな。たくさん味方がいるんやって、忘れたらあかんよなあ」

関西弁が出ている時はかなり酔ってしまっている。

どう考えてももうやめた方がいいのに、私は立ち上がって3本の瓶を戸棚から取り出していた。

『グレンモーレンジィ』『タリスカー』『アードベッグ』。3本ともスコッチウイスキーの定番で、20代から切らさず買い続けている銘柄である。

私はバカラグラスに氷を入れて、それを順番に飲んでいった。華やかで花の香りがするグレンモーレンジィ、胡椒のようなスパイスを感じるタリスカー、締めには強烈にスモーキーでピーティーなアードベッグ。自分の中ではきっと一生変わらない黄金の順番を、贅沢に味わう。

と、この時の自分は思っている。

実際は違う。ツイッターを開いて「セカオワ　女」や「セカオワ　ピアノ」と検索し、わざと悪口が出てきそうなワードで探してみたりする。

「セカオワの女の人、ピアノ弾いている時の『私、セカオワやってて良かった〜』感がウザい」

というような中傷コメントを見つけては、

「マジでむかつくけど、ちょっと分かるのが余計にむかつく！」

と一人で怒ったりツッコミを入れたりする。

この姿を誰かが見たら、たとえ夫やメンバーでもかなり引くだろう。

一応誰にも迷惑はかけていないので、万が一目にした場合は、

『小さな子供がいながら働いているので、なかなかゆっくり飲めずに鬱憤《うっぷん》がたまっているのだろう』とか、『職業柄、プライベートも人の目に晒されやすいのでなかなかストレスが解消できないのだろう』

と解釈してくれないか、と願っている。

結局ベッドに入ったのは深夜3時だった。考えたくもないが、6時間もの間、一人でひたすらお酒を飲んでいたことになる。

デビューした頃はビールに口をつけただけでとろとろと椅子にもたれかかっていたのに、一体いつからこんなに飲むようになったのか。

常に刺激を求めざるを得ない、ミュージシャンと作家の仕事が私を酒飲みにしたのだ、ということにしておきたい。


お酒というのは、ある一定量を超えると幾らでも飲めるような気がしてしまう時があるが、それは間違いだ。翌朝凄まじい二日酔いで起きると、本当はアルコールの許容量をとっくに超えていたことを思い知らされる。

分かってはいるのだ。何度も反省し学習を積んできたはずだ。

それなのに、また「やっちまった！」を繰り返してしまいそうで怖い。

ねぎらい夫婦

あれはまだ結婚前のことだ。

予定していたミーティングが急遽無くなり、暇になった時間に当時付き合っていた夫の家に遊びに行ったことがある。

驚かせようと何の連絡もせずにドアノブに手をかけてみたら、夫は不在だった。合鍵を貰っていたので、ドキドキしながら「いない間に洗濯物でも畳んでおいてあげよう」と部屋を覗いてみると、寝室はベッドメイクが施され、床は埃ひとつなく、ホテルのように綺麗に整えられていた。

私はあまりの清潔さに言葉を失いつつ、その時に初めて、自分の為だけにベッドメイクをする人間がいるということを知ったのだった。

夫とは出会ってそろそろ10年になるけれど、その綺麗好きには何度も驚かされている。タオルを色別のグラデーションで並べているのを見た時は、

「えっ何で？　何の為に？」

と真顔で聞いてしまったし、こだわりの銘柄の下着を全て同じ大きさに畳み、等間隔で陳列している姿を見た時は、本当にこの人と一緒に暮らせるのかと不安に思った。

ご飯を冷凍すれば全て美しい正方形に整え、調理器具を買えばステンレスや木材などの素材ごとに配置する。

歩いた場所がどんどん綺麗になる。出会ってからの夫はずっとそんな人だった。

そんな夫が、近頃家を汚している。

彼の本業は役者だが、それに加えて私たちのバンドのミュージックビデオ監督、アーティスト写真の撮影、ＣＤジャケットのディレクションからファンクラブのグッズのデザインまで数多くの仕事を一緒にしてくれるようになった。

夫は深瀬くんと話をしているうちに適性を見込まれ、夫婦で同じ仕事をするのを不安がる私をよそに、あっという間に多くの仕事を抱えることになった。

特に最近は文字通り寝る間を惜しんで仕事をしていて、どうやら家を片付ける余裕がな

い程忙しいらしい。

私も仕事が忙しくなると、頭がいっぱいになって家のことが何も出来なくなることがよくある。

付き合ってからというもの、夫との生活の中でいつも私は「汚す方」もしくは「片付けられない方」で、夜飲んだグラスを出しっぱなしにするのも私、玄関に鞄を置きっぱなしにするのも私だった。

自分の洗濯物をいつまでも部屋の片隅に放置して、「ごめん」と謝るのも私だったのに、今寝室では、夫の洗濯物だけが山になって何日も鎮座している。

私は我が家に初めて出現した、夫の洗濯物の山をじっと見つめていた。

数枚のTシャツ、下着、靴下、重ねて皺になってしまっているシャツ、折り重なっているジャージ。

その山をじっと見つめながら、嬉しい、と思う。

綺麗好きな夫も少しくらい部屋を汚してくれた方が気が楽、ということではない。

仕事を頑張れば頑張る程、一緒に暮らす相手に迷惑をかけてしまう状況を、夫が作った小さな山が「分かるよ」と肯定してくれているような気がしたのだ。

あまり眠れない日々も嬉々として過ごしている夫をみると、自分らしくいるにはお互いに仕事が必要なのだと改めて思う。

一方で、2017年に第一子を出産してからの私は、もっと育児がしたいというフラストレーションも感じていた。

あまりにも早く仕事に復帰してしまったのではないか、我が子の成長を見過ごしているのではないかと不安になるあまり、子供を見ている夫に嫉妬のような気持ちを抱いていたのだと今では分かる。

充分に子供といる時間が取れないと育児の良いところばかりが見えてしまい、反対に夫の抱える大変さや苦労はあまり見えていなかった。

そのせいで、産後は夫婦の間で苦労合戦のような話し合いも勃発した。

夫の愚痴を聞いても、

「それは贅沢な悩みだ。自分はそれがしたいのに」

とどこかで思ってしまっていたからかもしれない。

夫が忙しくなると必然的に私が育児をする時間が増え、幸せだと思うことと同じくらい大変なことも起きている。

でも帰宅した夫が、

「分かるよ、大変だったね」
と頷いてくれてようやく、子供がご飯を食べなかったりお風呂で大泣きしたりした時間が報われるのだということを今では分かっている。

共に働き、共に育児や家事を分担している夫婦こそ、ぶつけ合うのではなく分かち合うことが出来るはずだと思う。

育児と仕事と家事を完璧に半分ずつにすることは難しいけれど、お互いの大変さを「分かるよ、お疲れさま」と労《ねぎら》い合うことで、ようやく越えられる日々がこれからもあるのだろう。

以前よりも少し汚れた家で、夫と奮闘する日々は続いている。

わざわざ癖

私は自分の良いところを10個言えと言われたら「ゔ」と詰まってしまうけれど、自分の悪いところを発表しろということなら10どころか100は語れてしまう。

そんなに自分の悪いところばかり考えるよりは、良いところを伸ばせというのが令和的な考え方なのは知っているけれど、私は幼い頃から「人を『性格が良い』と『性格が悪い』に分類するとしたら、自分は性格が悪い方なのでは？」という懸念が絶えない。

今では小説やエッセイを書き、文章を書く仕事もしている割に、他人に対する言葉選びで幾度となく失敗を重ね傷つけてしまうことがある。

だから、せめて「性格が良い」と「性格が悪い」の真ん中あたりに近づくべきなのではないかと思い、日々自分を観察しながら変更するポイントを探っている。

最近特に直したいと思っているのは、以前から『わざわざ癖』と呼んでいるものだ。

ある日、家族で大きな川のある公園に行き、ザリガニを探そうということになった時のこと。

車で40分程の公園に目的地を設定してみたのは良いものの、実際行ってみると公園は凄い人混みで、近くの駐車場はどこも『満』の赤いランプが点灯。

10カ所以上駐車場を見て回ったけれど、どの駐車場も車が列をなしていて到底入れそうもない。

同じ道でのろのろ運転を繰り返していると、3歳の息子が痺《しび》れを切らして、

「もう降りたい！　お外行きたい！　ジュース飲みたい！　うわあ！」

と後部座席で叫び出した。

子供の泣き声を聞き続けているのは精神的にきついが、車の中で泣かれると1・5倍増できつい。

どうしようどうしようと私が焦っていると、夫が観念したように、

「もうこの公園で降りよう」

と言った。

家から10メートルも歩けばある公園と、ほとんど同じ設備の小さな公園の前で。

「えっ、こんな所で降りるの？」

「だって、これ以上ぐるぐるしても仕方ないでしょう」

「でも、わざわざここまで来たのに」

そう言ってから、夫が「じゃあどうすりゃいいの」という顔で怒っていることに気がついた。確かに他の方法は私にも思い当たらない。

私たちは仕方なく小さな公園に降り立つことにした。

でも、ブランコとすべり台しかない公園を見渡していると、

『わざわざここまで来たのに』

という考えが、私を苛《いら》つかせる。

わざわざ時間をかけてここまで来たのは、久しぶりに取れた家族の時間を素敵な日にする為だったのに。わざわざ車を出して出かけて、こんな小さな公園で降りるなんて。

納得のいかない私をよそに、息子は小さなすべり台の上に登り、

「おーい！　ママ！　ここが一番高いよ！　見える？」

と嬉しそうに手を振ってきた。

夫がわざとらしく、

「あれ、見えないな、どこから声がするんだ〜？」

と言うと、キャッキャッとはしゃぎながら手で目を覆っている。

自分が見えていないものは他人も見えていないと思っているようで、親から見れば丸見えの姿も息子にとっては隠れているつもりらしい。

ザリガニのことなどとっくに忘れている様子の息子を見ながら、私は鼻から思いっきり息を吸った。

その時に、本当の目的は、川のある公園へ辿り着くことではなく家族一緒に過ごすことではなかったかと思い出した。

連日仕事が忙しく、家族が揃わないことが多かったので、どこでも良いから出かけようと言って夫と目的地を決めた光景が脳裏で再生される。

それならば目的地に着けなくても、誰もいない小さな公園に降り立ち、コンビニでおにぎりとからあげを買って食べれば、それだけで目的は達成されるはずだ。

それなのに私は『わざわざここまで来たのに』と考えるあまり、本質を見失って険悪な空気を作ってしまう。

大切なのは、どこへ行くかよりも誰と行くか、そしてどんな時間を過ごすかということだと分かっているはずなのに、すぐに『わざわざ』という言葉に自分自身が騙されてしまうのだ。

今まで私は『わざわざ』という言葉を、ネガティブな意味でばかり使っていなかっただろうか、と思い返す。

例えば、「わざわざご馳走作って準備していたのに、貴方が遅刻してくるから台無しになった」とか、「わざわざお休みを取ったのに、渋滞に巻き込まれて散々だった」という風に。

でも『わざわざ』を、「わざわざご馳走作って準備していたから、遅くなっちゃったけど一緒に食べられて嬉しい」や、「わざわざお休みを取ったから、渋滞していた間に色々話せて良かった」という風に使っていければ、その意味は全く変わってくる。『わざわざ』やったことの本質を見失わずにいられれば、私の悪いところも100から1つ減らすことが出来るかもしれない。

『わざわざ』をネガティブな意味合いで使わなくなった自分は、トラブルが起きても笑っているはずだと思っている。

今回のように目的地にたどり着けなくても、

「家族で一緒にいる時間が取れるだけで嬉しいから」

と言って、何てことのない場所で可憐に微笑むのだ。
思い描いた自分になれるチャンスがあるのなら、次のトラブルも楽しみになってくる。

平等なルール

小学校4年生の頃、家から電車で1時間以上かかる場所へピアノを習いに行っていた。そんなに遠くまで通うことにしたのは、音大付属の音楽スクールで学びたかったからだ。レッスンが終わった後は近くの公衆電話から「今から帰るよ」という報告をしてから帰宅するのが母との取り決めだった。携帯電話がない時代だったので、その電話の時刻から帰宅時間をおおよそ予想し、もしもその時間に帰ってこられない事態が起きた時は、母がすぐに気づけるようにする為だった。

ある日、私は約束通り「今から帰るよ」と母に電話した後、古本屋さんの前に『地獄先生ぬ〜べ〜』の漫画が特売のカートに入っているのを見つけた。

店内の本はぴっちりとビニールで閉じられているけれど、特売のぬ〜べ〜は無防備に店先に置かれている。家では、漫画は風邪を引いた時にしか買ってもらえないものだったので、私は思わず手にとって夢中で読み始めた。

私は学校で友達と上手くやれない自分の状況を思いながら、

「私にも、こんな風にクラスメイトと協力せざるを得ない事件が起こってくれたら」

と、淡い期待を寄せながら漫画を持つ手に力を込めて先を読み進めた。


ふと時計を見た時には、40分以上経っていた。

本来なら2つ目の電車に乗り継いでいるはずの時刻だと気づいて、心臓が跳ね上がる。

母が心配するかもしれない。

今から帰ると予定の帰宅時刻からかなり遅れてしまうので、もしかすると家の外に出てきて私を探し始めたりするかもしれない。

もう一度電話をかけた方が良いだろうか、と立ち止まった。

でも、公衆電話の位置まで戻るのにも10分近くかかってしまうので、更に帰宅時間が遅れてしまう。

私はパニックになった頭で駅まで走り、電車に飛び乗った。扉の前に立ち、最短距離で乗り換え、ようやく最寄り駅に着く。

そこから家までの道のりは、最も時間を縮められるラストスパートだ。私は少しでも早く帰らなければ、少しでも早く家の扉を開けなければと走った。

踏切を渡り、駅前にあるコンサートホールの前を走り抜ける。マクドナルドの前を、いつも挨拶してくれる弁当屋の前を、大きな一軒家が駐車場に姿を変えようとしている工事現場の前を、ピアノの楽譜の入ったリュックを背負いながら走った。

最も車通りの多い環状8号線の横断歩道を渡ろうとしたら、信号は赤信号に切り替わったけれど、少しくらい大丈夫だろうと無視して走り抜けようとした時だ。

急に右腹部に痛みが走った。ドンッという衝撃を受け、訳も分からないうちに身体が宙に浮き、そして道路に転げ落ちる。

あ、ヤバい。

そう思った瞬間、まるでスローモーションのように目の端に映っていた映像が再現されていった。

ヘッドライト、白い車のボンネット、窓ガラス、タイヤ。

「子供が轢《ひ》かれた！　早く救急車！」

野太い男の人の怒号が響く中、私は道路でむくりと上半身を起こし、「早く帰らなきゃ」と再度焦った。

幸い信号が変わったばかりで車もスピードを出していなかったので、腹部も大して痛まず、すぐに立ち上がることが出来た。

大ごとになる前に、急いでこの場を立ち去ってしまおうと立ち上がると、

「動いちゃ駄目！」

母と同じくらいの年齢の女性に呼び止められた。そして、

「警察が来るから、それまでここを動いちゃ駄目」

そう言われ、その響きの恐ろしさにその場で大きな声をあげて泣いた。

赤信号を渡ったこと、更に車に轢かれたことを咎められ、自分は数年間刑務所に入ると思ったのだ。

母が到着すると、

「ほんまに何も無くて良かったけど、あんた、あほやなあ」

と泣いたり笑ったりしながら私の髪を撫でたが、私は依然絶望していた。これから警察官に尋問を受けるという時に、何が『何も無くて良かった』のか。

早く帰ろうと思っていただけなのに、結果的に刑務所暮らしになってしまうかもしれない娘を、悲運だと思わないのか。

そう思い込んでいたので、警察官から、

「今回の場合、起訴と言って裁判で相手の人を訴えることも一応出来ますが、そういう思いはありますか？」

と質問され、私は言葉を失った。

警察官は赤信号を無理やりに渡った私ではなく、青信号で車を進めた相手の方を責めているらしい。

困惑していると、警察官は、

「車と人がぶつかるとね、基本、車が悪いっていうルールなんです。たとえ赤信号を渡ってる人とぶつかっちゃっても、車がもっと前を確認しましょうって注意をするんですよ」

と丁寧に説明してくれた。

「でも、私が赤信号を渡って車に轢かれたのに、どうして車の方が悪いんですか？」

刑務所に行かずに済んだことは嬉しいけれど、それではあまりに理不尽に思えた。私が疑問に思ったことを聞いてみると、彼は、

「人と車を平等に扱うためです」

と教えてくれた。

「同じ道路を使っているけれど、ぶつかった時は車の方が硬くて強いでしょう。だから、より注意しなきゃいけないのは、いつどんな状態だろうと車に乗ってる人の方なんです

よ」

その時に初めて、平等というものは全く同じ条件にするという意味ではないのだと知った。


とは言え、赤信号を渡った私は悪いと思う。

同じ道路を共用する人間として、歩行者もルールを守る必要がある（道路交通法では歩行者にも信号に従う義務を負わせていて、違反した場合は罰金が科されることにもなっている）。

後日自宅にまで謝りに来てくれたドライバーさんには、本当に申し訳のないことをしたとも思っている。

車と歩行者がお互い納得して決めたルールを守ろうという気持ちがあって初めて、平等は成り立つのだろう。


そんなことを思い出しながら、大人になった私は周りを見渡している。

男性と女性、健常者と身体障害者、性的マジョリティと性的マイノリティ、富裕層と貧困層。

多くの人がある立場では「車側」になり、ある立場では「歩行者側」になり得るけれど、本当の意味で平等なルールが適用されていないものが、まだ数多く存在している。

一人の味

結婚してから、一人で何かをすることが増えた。

夫とは付き合いも長いので、いつまでも付き合いたてのようにラブラブという訳にはいかないけれど、不仲という訳でもない。小さな子供がいるので、どちらかが子育てをしている間に一人ずつ自由な時間を作るようになったのだ。

誰かと一緒にいるからこそ楽しい時間が過ごせるのだと思い込んでいた私にとって、最初のうち、一人の時間は多すぎる空白だった。誰かと過ごす余暇を、街並みに月や星を書き足すようなものだと例えるなら、一人の時間は2メートル以上ある画用紙を渡されて、好きなものを描いて良いと言われたようなものだった。

夫でなくても友達を誘えば良いのだろうけれど、コロナ禍のさなかに、夜中まで呑み歩ける訳でもない。翌朝子供を保育園へ送ること、その後の仕事のことを考えると、そんなに長い時間出歩ける訳でもないので、めいっぱい自由時間を楽しむには一人で何か出来るようになった方が効率的に時間を使えると思い、私は出かけることにした。

まず、一人で映画に行ってみようと思い立った。19歳で男ばかりの仲間たちと一緒にライブハウスを作り始め、200万もの借金をし、週に一度しか風呂に入らずにバンドに打ち込むというワイルドな生活をしていた割に、私は一人で映画に行くのが怖かった。

行くのが怖いのではなく、行った後に話す相手がいない喪失感を味わうのが怖いのだ。

俵万智さんが詠《よ》んだ、「『寒いね』と話しかければ『寒いね』と答える人のいるあたたかさ」という有名な句がある。

「面白かったね」と言った時に「面白かったね」と言ってくれる人が、または「つまらなかったね」と言った時に「つまらなかったね」と言ってくれる人がいなければ、結局ただ寒いだけの日になってしまうのではないかと恐れ、足が遠のいてしまっていた。


早めに映画館に着いたので、私はキャラメルポップコーンのSサイズを買ってみた。誰かと一緒に行くとちょうどいいサイズなのに、一人だと多過ぎる。予告を見ている段階で既にお腹いっぱいになりそうになって、早くも寂しいなと感じてしまった。

いやいや、まだ始まってもいないんだから。すぐ弱気になってしまう自分に苦笑いをしながら、かりかりのキャラメルポップコーンをひとつ口に運ぶ。

結婚前なら、一緒に来た夫に「まだ本編も始まっていないのに、もう無くなりそうじゃん」と嫌味の一つでも言えただろうに、今は半分も減っていないポップコーンを持て余してしまっている。

一人時間、続けられるだろうか。やっぱり「寒いね」と相槌を打ってくれる誰かがいなければ、私は何かを楽しむことが出来ないのではないだろうか。そんなことを考えている間にスクリーンは横に長く伸びていき、映画は始まった。

でも、2時間ほどある本編を見て映画館から出る時、私は羽化した蝶のように自由な気分になっていた。


一人で映画を観てみて、一つはっきりと分かったことがある。

それは今までは映画を観ながらいつも感想を探していた、ということだ。どのシーンが面白かったか、どんなセリフに感銘を受けたか、自分が受け取ったメッセージは何かを覚えておこうとし、開口一番、一緒に観た相手に何と伝えるのかを自然と考えていた。

でも、一人なのだから映画が終わっても何も言う必要がないし、言葉にしなくてもいい。言葉にしないと、身体の中に感じたもののエネルギーが出て行かずにそのまま残っているような心地よさがあった。

バンドメンバーやスタッフ、家族など、誰かと過ごすことが一日の大半を占める私は、常に思ったことや感じたことを言語化する癖がついていたけれど、感じたことを感じたままにしておく経験は新鮮で心地いいものだったのだ。


そうと分かれば、一人で色んなことをやってみようと思った。

一人でヨガやボクシングジムに通い、一人で美術館へ行き、一人で焼肉ランチに行く。一人でラーメンを食べ、一人でしゃぶしゃぶを食べ、一人でフレンチのコースを食べてみた。料理も映画と同じように、「美味しい」と言わないことで感じることの出来る美味しさがあることが分かった。

きっと、感じたことを寸分の狂いなく言語に置き換えるのは難しいので、なかったことになっている感覚があったのだろう。誰かと一緒に食べた時よりも複雑な美味しさを感じて、言語化しないことで感じられる感覚があることに気がついた。

「『寒いね』と誰にも言わずに『寒いな』と思う心のあるあたたかさ」

俵万智さん風に言えばそういうことだろうか。

夫には、流石にフレンチのコースまで挑戦しなくてもいいいんじゃないの？　と笑われたけれど、私は一人でもフレンチのコースを楽しめる自分になれたことが嬉しかった。

誰かと一緒でないと人生を楽しめない。そう思い込んでいた自分は、結婚し子供ができてから、一人でも人生を楽しむことが出来るのだと分かった。そう思える自分のことが、以前の自分よりも気に入っている。

ねじねじ録　あとがきに代えて

台湾でのライブを終えたあと、メンバーと一緒に火鍋を食べていた。彼らはエビや魚介で出来た沙茶醤《サーチャージャン》というタレをつけ、「美味い！」を連発しながら野菜や肉を口へと運んでいく。

その横で、その日のライブを振り返っていた私に深瀬くんは言った。

「サオリちゃんって、いつもねじねじ悩んでるよね」

「ねじねじ？」

「そう、なんかいつも難しい顔しててさ。ねじねじ悩んでるって感じするじゃん」

確かに深瀬くんの言う通り、私の悩み方は、『くよくよ』でも『うじうじ』でもなく、『ねじねじ』である気がする。『ねじねじ』という言葉からは、大小さまざまな歯車が絡み合っているような様子が浮かんだ。ああでもないこうでもないと、前に回ったり後ろに回ったりする歯車。上手く噛み合わずに何度も止まりながら、何とか回ろうとする歯車。ねじねじ。まるで自分の頭から聞こえてきそうな音だと思った。

2020年は特にねじねじした年だった。音楽制作も行き詰まったけれど、小説家としての活動はもっと行き詰まっていた。

デビュー作の『ふたご』を直木賞の候補にして頂いたのが2017年。それから3年経っているのに、何一つ形に出来ていないことに焦り、不安を振り切りたくてとにかく膨大な文章を書いていた。書きまくれば何か見つかるのではないか、振り返らずに直進すればゴールに辿り着くのではないかと、ひたすら手足を動かす。

でも、「自分はこのままではどこにもたどり着かない」ということに気づいて、私は立ち尽くしてしまった。

本当は、自分の進んでいる方角が目的地とずれていないかを常に確認しなければいけなかった。間違っていれば一度正しい場所まで戻り、何度も方向転換しながら進む必要がある。

それは音楽活動を経てよく知っているはずなのに、行き止まりになるまで、この道を進み続けても先はないということを認められなかった。

そんな時、ずっと一緒に仕事をしている編集者から「エッセイの連載を始めてはどうか」と打診された。3年かけて物語の一つも完成させられずにいるのに、エッセイを書く余裕なんてない。そう思って、

「今の自分には難しいと思います」と返信を書いて送った。内心、ただでさえ何も完成出来ていないのに無理に決まってるでしょう、という苛立ちに近い気持ちだった。でも、その返事には、

「今のサオリちゃんは、定期的に何かをアウトプットするべきだと思います」と書かれていた。

確かに、多くのイベントが中止になったことで例年よりもアウトプットが少なくなり、身体が硬直してしまっていたのかもしれない。

こんな状態の自分でも挑戦していいのなら。そんな気持ちで、『ねじねじ録』というエッセイの連載をさせて貰うことになった。

週に一度の連載と決めたからには、どんなにバンドの制作やプロモーションが忙しくても、常にそのことを頭の隅に置かなくてはいけない。

エッセイを書き始めると、いかに自分の心が追い詰められていたのかを改めて実感した。

疲れていたし、酷く落ち込んでいた。歯車は幾つも錆《さ》びて、回ろうとするたびに軋《きし》んで嫌な音を立てる。

でも、毎週短い文章を完成させていくことで、少しずつ錆が取れていくのも感じた。読み返してみると、良かったポイントや反省点が分かり、次はこうしようと思うエネルギーが頭の中の歯車を回そうとする。そのうちにばらばらに動いていた歯車が同じ方向に動き始めたのか、スランプ続きだった音楽制作の方もようやく嚙み合い始めた。

まだ暗いうちから起きて、本当に伝えたいなと思う内容を丁寧に書いた日もあったし、レコーディングが終わってから言葉を選んだ日や、髪の毛を脱色している間に調子よくキーボードを叩いた日もあった。

アルバム制作が佳境に入り、スケジュールに余裕がない時期は「今週は時間が取れないので休載します」という編集者に宛てたメールを作ったこともあるけれど、折角上手くいきはじめた流れが止まってしまいそうなのが怖くて、もう一度パソコンに向かった日もあった。

リハビリのように始めたねじねじ録は、私にねじねじさせる時間を作らせなかった。ねじねじしている時間があったら、そのねじねじを書け。まるでそう言わんばかりのタイトルのエッセイを週に一回書く。

結果的に、私はこのエッセイに救われたのだと思う。自分のねじねじしたところに嫌気がさしてねじねじし、そこから脱しようとしてねじねじし、脱せなくてねじねじしていた自分は、それらを書くことで、少なくとも後ろ向きなねじねじから前向きなねじねじにはなれた気がする。

こんな面倒くさい自分のことを心底嫌になることもあるけれど、そうでなければ、音楽を作ったり文章を書いたりする必要はなかったのかもしれない。

『ねじねじ録』は、どうしても上手くいかない日に読み返したい本になった。未来の自分が読んだ時、「ずっと悩んでるけど、ちゃんと頑張ってるなあ」と笑ってくれる本になっていたら良い。

初出一覧

子育てが苦手でも　＊日本経済新聞夕刊「プロムナード」連載（＊以下同）２０１９年７月２日
焼きたてのパン　＊２０１９年９月10日
夏の銭湯　＊２０１９年８月13日
偽物の夕焼け　＊２０１９年７月23日
６歳の冒険　＊２０１９年９月17日
忙しい時の過ごし方　＊２０１９年７月９日
『ハンドメイズ・テイル』　＊２０１９年７月16日
ブリナーを食べた夜　＊２０１９年７月30日
ディレクターという仕事　＊２０１９年８月６日
招かざる客　＊２０１９年８月20日
見つめ合えない関係　＊２０１９年８月27日
自分が自分でなくなる時　＊２０１９年９月３日
不思議なミユ　＊２０１９年９月24日
ストップ妄想　＊２０１９年10月１日
両親の珍道中　＊２０１９年10月８日
ラップの殴り合い　＊２０１９年10月15日
電車図鑑　＊２０１９年10月29日
緊張との関係　＊２０１９年11月５日
入国審査　＊２０１９年11月12日
引っ越し　＊２０１９年11月19日
２万円の封筒　＊２０１９年11月26日

保育園のテレビ　＊２０１９年12月３日

義足のランナー　＊２０１９年12月10日

ビワイチ　＊２０１９年12月17日、24日

未来を変える性教育　『文藝春秋オピニオン　２０２０年の論点１００』（文藝春秋刊）所収

30年来の仲直り　書き下ろし

雑草のライン　書き下ろし

悩めるマリオ　☆文藝春秋 digital「ねじねじ録」連載（☆以下同）２０２１年３月３日

大人の理解者　☆２０２１年３月10日

優しさの材料　☆２０２１年３月17日

笑う担当編集者　☆２０２１年３月24日

T字の正体　☆２０２１年３月31日

アーリーバードマン　☆２０２１年４月７日

煙草の煙、あの塩味　☆２０２１年４月14日

美味しいお店のお品書き　☆２０２１年４月21日

見えない敵　☆２０２１年４月29日

やっちまった！　☆２０２１年５月６日

ねぎらい夫婦　☆２０２１年５月13日

わざわざ癖　☆２０２１年５月26日

平等なルール　☆２０２１年６月２日

一人の味　☆２０２１年６月９日

ねじねじ録　あとがきに代えて　書き下ろし

単行本化にあたり加筆しています。

藤崎彩織（ふじさき・さおり）

一九八六年大阪府生まれ。二〇一〇年、突如音楽シーンに現れ、圧倒的なポップセンスとキャッチーな存在感で「セカオワ現象」と呼ばれるほどの認知を得た四人組バンド「SEKAI NO OWARI」でピアノ演奏とライブ演出、作詞、作曲などを担当。研ぎ澄まされた感性を最大限に生かした演奏はデビュー以来絶大な支持を得ている。文筆活動でも注目を集め、二〇一七年に発売された初小説『ふたご』は直木賞の候補となるなど、大きな話題となった。他の著書に『読書間奏文』がある。

ねじねじ録《ろく》

二〇二一年七月三〇日　第一刷発行

著者　藤崎《ふじさき》彩織《さおり》

編集・発行人　篠原一朗

発行所　株式会社　水鈴社
ホームページアドレス　https://www.suirinsha.co.jp/
電話　〇三‐六四一三‐一五六六（代）
この本に関するご意見・ご感想や、万一、印刷・製本などに製造上の不備がございましたら、お手数ですがinfo@suirinsha.co.jp までご連絡をお願いいたします。

発売所　株式会社　文藝春秋
〒一〇二‐八〇〇八
東京都千代田区紀尾井町三‐二十三
電話　〇三‐三二六五‐一二一一（代）
販売に関するお問い合わせは、文藝春秋営業部までお願いいたします。

印刷所　萩原印刷
製本所　萩原印刷
校　正　坂本文

定価はカバーに表示してあります。

ISBN978-4-16-401003-7
NexTone PB000051637号